B杜極短篇故事集（701～800）
（繁體字版）

A WORD TO THE WISE (TALES 701～800 IN TRADITIONAL CHINESE CHARACTERS)

B杜

British Library Cataloguing-in-Publication Data. A CIP catalogue record for this book is available from the British Library.

ISBN 978-1-915884-38-1 (ebook)

ISBN 978-1-915884-37-4 (print)

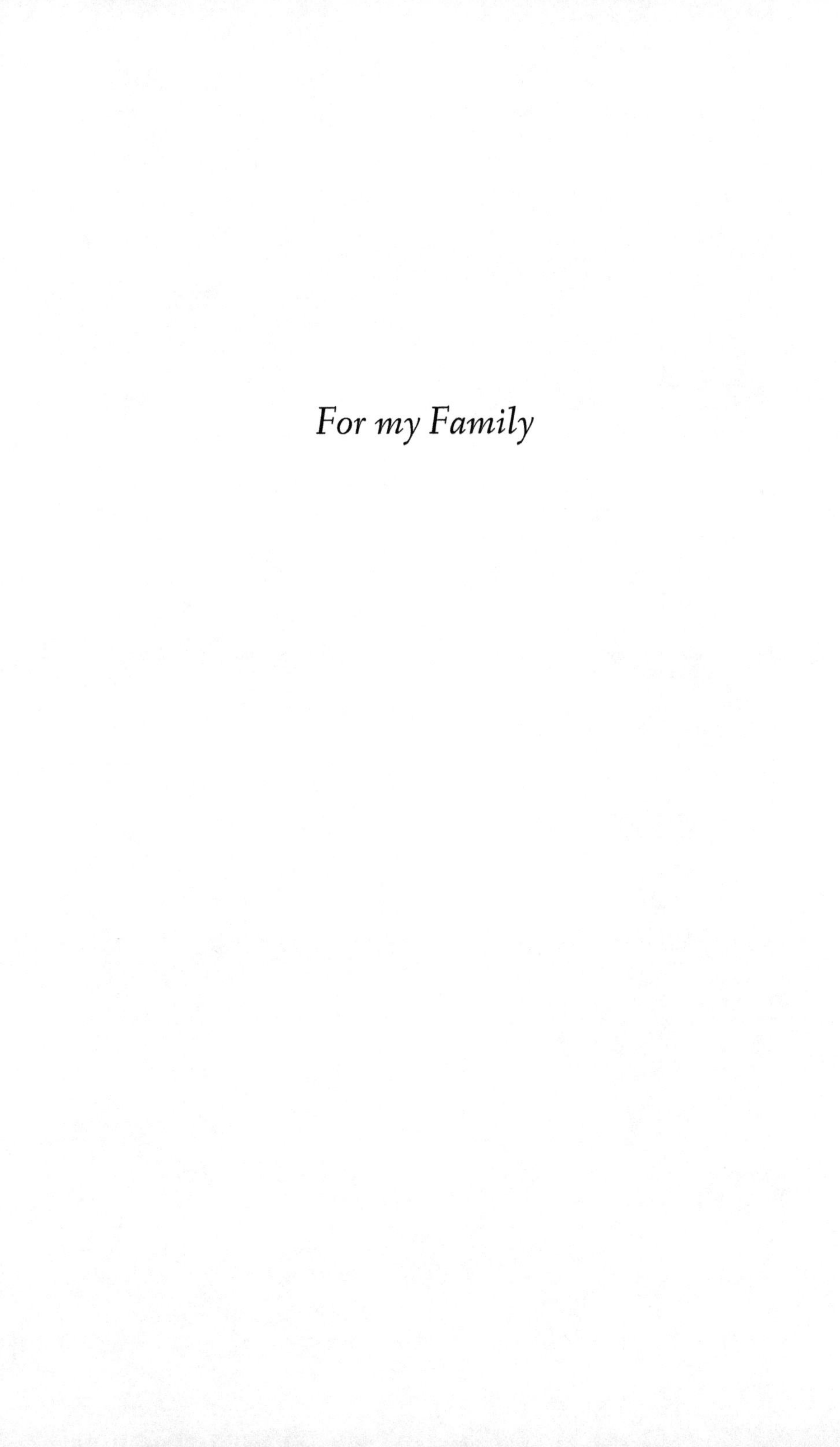

For my Family

（701）

因為人口出生率創下歷史新低，衛滿國國王面對鏡頭潸然淚下。

"親愛的子民，"他哽咽地說，"知道我國今年的出生人口不及百萬，我夜不能寐，再這麼下去，不用敵人來殲滅我們，我們自己就先亡國了。所以，為了國家的千秋萬代，也為了你們自己，請務必多多生育！"

衛滿國的國民看到國王為了國事如此操勞，無不動容，紛紛簽名參與"生育活動"——每戶適育人家每兩年得為國家貢獻一名新生兒。

看到生育率止跌回升，衛滿國國王露出欣慰的笑容，一轉身，訂了一架私人飛機與兩艘豪華遊艇，全是最新款。

"陛下，今年的稅收依舊不好，您……"內務大臣特意止住，再說下去就危險了。

國王答："你沒看到人民又開始生育了？勞動力一旦上去，稅收也會大增，我這是提前預支。"

內務大臣不吱聲，默默退下。

（702）

當獸醫說趙二需要一隻撫慰犬時，趙麗麗簡直不敢相信自己的耳朵。

"是不是搞錯了？"她問獸醫。

"沒搞錯，妳的狗有抑鬱傾向，需要一隻撫慰犬帶它走出陰霾。"獸醫答。

離開寵物醫院後，趙麗麗心事重重，連遇到熟人也不打一聲招呼，直到趙二再也走不動了，她才在路邊的花台上坐下。

"趙二，"她撫摸狗頭，"怎麼你也患上抑鬱症了？"

趙二趴了下去，樣子看起來很無精打彩，不似初見時那樣活潑。

一人一狗就這麼看著車水馬龍一下午，直到手機鬧鐘響起。

"快！我們得在半小時內回到家。"趙麗麗驚慌失措地對狗說。

由於趙二犯懶，回家路上，趙麗麗差點兒就趕上日落（日落總讓她情緒低落）。

等一到家，她立即拉上家裡的所有窗簾，同時自言自語："拉上窗簾就好了，拉上窗簾就好了，別怕，別怕，沒什麼好擔心......"

然而巨大的悲傷還是爬上心頭，趙麗麗忍不住涕泗滂沱，而她的兩隻狗（趙一、趙二）則蜷縮在牆角。

"趙一，你該工作了。"趙二提醒趙一。

趙一遂不情願地走上前去，用鼻子頂了一下主人，可是對方不為所動，依舊哭得撕心裂肺。

見沒達到撫慰效果，趙一緩慢地走回牆角趴下。

“抱歉！我安慰不了你，”趙二對趙一說，“我的撫慰犬還未到。”

我發現啊！人就不能太努力、太逼自己，一努力、一逼自己，麻煩就來，好比我剛存上**3000**塊錢，家裡的貓就生病了，而且不多不少，正好花了三千元；又好比我強迫自己當孝子，結果我爸我媽逢人就說我管得多，連保健品也不讓買。基於以上，我擺爛了，不加班、不內耗，日子過得反而輕鬆，譬如家裡的貓生病了，我告訴它要嘛自癒，要嘛回貓星球，結果它挺過來了；又譬如我爸我媽被騙錢了，我兩手一攤，說自己比他倆還窮，於是兩老轉而向我妹訴苦去了。所以啊！人千萬別太上進、太把自己當救世主，因為到頭來不過證實白忙一場……

・・・・

打完上述這段文字，我環顧四周，發現家徒四壁，而且牆壁上還有一抹蚊子血，於是拿濕抹布去擦，結果越擦，血印子越大，看起來更髒，驗證了我的偉大發現——人就不能太努力、太逼自己，一努力、一逼自己，麻煩就來。

（704）

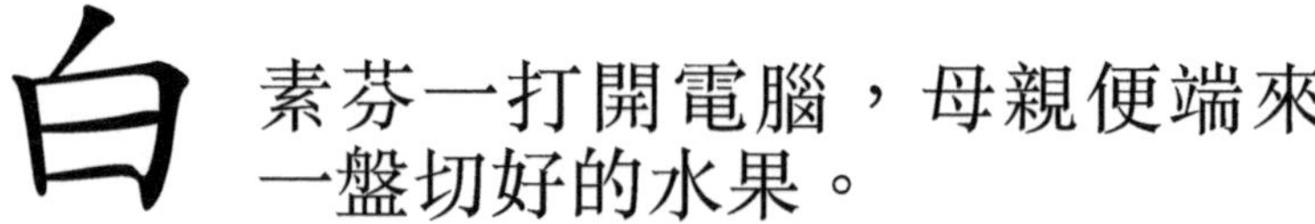

白素芬一打開電腦，母親便端來一盤切好的水果。

"今天的梨好甜，"母親撿了一塊，"來，張嘴。"

白素芬剛打開嘴巴，父親便問她上班累不累？

"累，很累，已經連續加班一個星期，每天只能睡五個小時。"白素芬心想著。

"累就休息一下，人生長著呢！不急於一時。"父親答。

最近經濟不景氣，很多公司都在裁員，

這時候"休息一下"很不智，白素芬不想給領導裁她的理由。

"沒事，被裁大不了再找，反正妳有父母兜底。"母親接著說。

聽到這麼暖心的話，此時的白素芬無疑是幸福的，她多想留住這美好的一刻，可惜手機鈴聲傳來，她只能按下電腦的暫停鍵。

"妳已經兩個月沒匯錢，妳弟的補習費就快交不出來了。"這是女人的聲音。

"我……很累，"白素芬小聲地答，"已經連續加班一個星期，連週六、週日也上班。"

"上班哪有不累的？"這是男人的聲音，"再說，這跟匯錢有什麼關係？"

"沒錯，"現在又換上女人，"培養一個大學生多不容易，妳得懂得感恩，家裡的弟弟妹妹們還仰賴妳呢！"

掛斷電話後，白素芬重啟按鍵，屏幕上的"電子父母"仍對她噓寒問暖，一口一個寶貝兒。

. . .

（註：“電子父母”乃指網絡上的虛擬父
母。）

（705）

上個月，我跟老公吵了一個不大不小的架，我告訴他——我要上山當尼姑去。

"快去，保證第二天妳就還俗了。" 他樂呵呵地說。

為了堵上他的嘴，我特意報了一個為期28天的法會，管事的大和尚告訴我——每天都有早課，還得幹活，住的是寮房，24人一間。

這聽起來沒什麼難度，於是我拉著行李箱就住進來了。

起初，我以為吃會是個難題，因為我無肉不歡，不過幾日下來也習慣了，比較不能接受的是凌晨四點就得誦經，還有幹不完的活，簡直生無可戀。

有一天，我忽然頓悟，惠能大師不是說過"本來無一物，何處惹塵埃"嗎？既然這世界是空的，我何必上綱上線？

於是除了每日三餐我會準時報到外，其餘皆看心情。

管事的大和尚曾說了我幾次，可是我依然故我，倒是同樣偷懶的"新進人員"已一一被勸退，當天就下山去。

到了最後一天，一直沒說上話的寺廟住持忽然對我說："下次法會也是28天，我已經替妳留好位置了。"

"不用了，"我答，"我這個人沒什麼悟性，還是把位置留給其他的有緣人吧！"

雖然我已經明確拒絕，但回家後，住持還是經常給我打電話。我想了想，"又"花了3000元供了3個牌位，住持才不再打電話，我也終於有了一方寧靜。

（706）

職場壓力越來越大，加上不贊成國內的填鴨式教育，王劍霖與妻子一合計，舉家移民新西蘭。由於無一技在身，他倆在離海約500米處租下一個報刊亭，賣一些報紙、雜誌、明信片、飲料和電話卡等。

某天，一名中國遊客行經報刊亭，隨手拿起一瓶礦泉水去結賬，結果發現店長正在看免費的華文報（內容多為舊新聞，廣告居多）。

“你是中國人？”遊客驚喜問道。

“是的。”王劍霖抬起頭來，“水一塊二。”

遊客付完錢，緊接著問：“工作忙不忙
？”

“不忙。”

“我就想過上你這種神仙生活，每天看
看報、喝喝茶，閒暇時還能到海邊走走
。”

“嗯！這種生活的確愜意。”

遊客走了之後，王劍霖發呆了好長一段
時間。想當初租下這個報刊亭就沒指望
賺大錢，圖的無非是每天能看看報、喝
喝茶，閒暇時還能到海邊走走，可是現
實卻是——工作雖不忙，卻把人的時間
給焊死，每天困在不足五平米的空間裡
直至天黑，遑論關門後還能吹吹海風，
因為他得趕在六點半之前去接二寶，晚
點會額外收錢。

“今天有什麼新聞？”哄完大寶和二寶入
睡後，他的妻子邊問邊打開電視機。

“有個中國遊客說羨慕我的生活，每天
就是看看報、喝喝茶，閒暇時還能到海
邊走走。”

“你答什麼？”

“當然附和他的說法。”

此時電視節目不知上演了什麼，惹得一旁的妻子大笑不已，像是回應他的答覆。

“我也覺得好笑。”王劍霖喃喃道。

（707）

墨菲是一名連環殺手，已有15名無辜的少女死在他的斧頭下，等待他的將是正義的終結，可是獄警安西雅卻不這麼認為，在她的眼裡，這是一位彬彬有禮的紳士，與其他受刑的大老粗完全不同。

安西雅的愛慕眼神，墨菲當然接收到了，他更加卯足了勁，終於讓安西雅甘心為他鋌而走險。

"親愛的，你出去後千萬得低調。"安西雅對情郎說。

"當然，"墨菲對她深情一吻，"我會等妳出獄。"

因為放走重刑犯，安西雅被判入獄10年，等待她的將是正義的終結，可是獄警赫斯金卻不這麼認為，在他的眼裡，這是一位溫柔可人的淑女，與其他受刑的蛇蠍女完全不同。

赫斯金的愛慕眼神，安西雅當然接收到了，她更加卯足了勁，終於讓赫斯金甘心為她鋌而走險。

"親愛的，妳出去後千萬得低調。"赫金斯對情人說。

"當然，"安西雅對他深情一吻，"我會等你出獄。"

（708）

奧魯特被敵人追殺至草原，忽然，他停下腳步，因為前方有一隻獅子正虎視眈眈地盯著他瞧。

眾所周知，草原上的獅子大多群居，也就是說，如果發現一隻，代表它的夥伴也在不遠處。

奧魯特往後一探，敵人也裹足不前，想必他們也看到獅子了。

此時的奧魯特陷入兩難，往前跑，無疑成了獅子的腹中餐；往後跑，恰恰自投羅網。

想到被敵人捉住後的種種非人虐待，奧魯特寧願死得痛快些，於是毅然決然地往獅群裡跑……

他一跑，原本追他的敵人也跟著跑，不同的是，他們往反方向跑去，畢竟保命要緊，誰還在乎奧魯特這小子？

（709）

劉澤凱已經在天台上好話說盡，可是女人仍執意要死，此時，隊友遞過來一瓶水。

“渴死我了。”劉澤凱擰開瓶蓋，咕嚕咕嚕地喝了好幾口，“妳也渴了吧？”

女人悶不吭聲，於是劉澤凱另取一瓶水走上前去。

“你別過來，你再過來，我就跳下去。”女人威脅著說。

“我只是遞水，妳別多想。”

劉澤凱走到距離女人一個跨步的地方停下，接著把水遞過去，心想只要女人伸手過來，他就趁機將她從圍牆上拉下。

沒料到女人的動作比他還快，劉澤凱立即扔下瓶裝水去抓，抓是抓住了，不過在重力加速度的作用下，他也跟著從23樓往下墜……

再睜眼時，劉澤凱看到女人往白光處跑去。

聽說人死後會看到一束白光，若走進白光內，就再也沒有生還的可能，於是劉澤凱大喊：“別去！去了就活不成了。”

“誰想活？從那麼高往下墜，即使不死，大概也成了植物人或殘疾人。”女人忽然停下腳步，接著猛一回頭，“我看你還是……”

話還未答完，女人就被劉澤凱背後的一股力量給吸過去，速度之快，令人咋舌。

“千萬別回頭，千萬別回頭。”劉澤凱邊打哆嗦邊對自己喊話，“讓我想想，讓我想想。”

待冷靜過後，劉澤凱果斷往白光處走去……

〈710〉

2030年，世界小提琴大賽首次允許機器人Jane參賽，引起不小的討論。持反對意見者認為機器人沒感情，參賽不過是陪跑，沒多大意義；持贊成意見者則認為現在的世界是多元的，同意機器人參賽更能體現人類的優勢與大度，有好無壞。

就在沸沸揚揚的爭議中，Jane還是越級（沒經過初賽和複賽）參加最後的總決賽，為了公平起見，入圍者和裁判之間拉上了簾幕。

六位選手皆演奏完畢後，裁判們罕見地閉門商量了近一個小時才做出決定——前五名皆為人類，Jane獲得第六名。

這個結果乃眾望所歸，因為沒有人能做到整首曲子皆不犯錯（包括音準、節奏、力度、音色等），如果有，那一定是機器人拉的......

（711）

白從中了五千萬美元的大獎後，斯考特夫婦商量了好幾個晚上，為了不重蹈"先輩們"的覆轍（依據過往的紀錄，中彩者往往幾年後又回到原點，甚至負債累累），他倆決定還是秉持"不浪費"的原則過活，可是事情並沒有往他們預想的方向發展……

"你為什麼買了一整套的音響設備？"斯考特太太問老公。

"原來的音響是十年前買的……"斯考特先生弱弱地答。

"你明知道原來的音響還好好的，這豈不是浪費？"

後來斯考特先生默默把新音響給退了。

幾天過後，斯考特先生發現了好幾十件女性內衣褲，連標籤都還沒來得及拆，立刻質問太太是怎麼回事？

“原來的內衣褲都已經穿了好多年，是時候該買新的了。”她答。

“買新的我能理解，但有必要塞滿一櫃子嗎？這豈不是浪費？”

後來斯考特太太挾著新買來的內衣褲（只留下少數幾件）回到商場，奈何貼身衣物不允許退貨，斯考特先生只能網開一面，但心裡很不爽。

接下來的每一天，他們總能為小事爭吵，不是斯考特先生買了新的遊戲軟件，就是斯考特太太花“巨資”買下進口水果。這類的矛盾與日俱增，已到了水火不容的地步，而離婚的導火索是斯考特先生想為年邁的父母買一棟小樓，但斯考特太太不同意，因為她的父母已雙亡，如果老公想替自己的父母買房，那她也要為唯一的哥哥買房。

“妳哥哥有錢得很，他現在的住房甚至比我們的還要豪華。”斯考特先生說。

“我不管，如果你要幫你父母買房，那我也要幫我哥哥買房，這才公平！”斯考特太太答。

這兩人為了別人的"房事"吵得不可開交，最後竟決定一拍兩散，所有財產五五分。

離婚後的兩人很快展開燒錢模式，而且為了賭氣，彼此陷入惡性競爭，好比斯考特先生前腳剛買了寶馬5系，他的前妻後腳便買進寶馬6系，一來二去，雙方的財產急速流失，到最後賬戶上竟只剩零頭。

這一天，斯考特先生到一家公司參加面試，沒想到遇到同樣來找工作的前妻。

"如果我先進去，我會把面試官問的問題發到妳的手機上。"斯考特先生小聲地對前妻說。

結果是他的前妻先進去，當下一位求職者被喚進去時，斯考特先生收到前妻發來的洩題短信，忍不住熱淚盈眶……

（712）

我是維也納美術學院的院長，1908年的某天，當我冒雨來到學校，剛把濕外套脫下掛在辦公室內的衣帽架上時，一轉身，一位表情嚴肅的男士就矗立在我面前。

"請問……"

"我預約了早上九點鐘見面。"那人答。

我從房門上的玻璃往外看去，祕書並不在座位上。

"抱歉，我的祕書並沒有告訴我今天早上有訪客。"我指向辦公桌前的椅子，"請坐。"

待我們都坐下後，那人便表明身份，原來他是軍方人員，為了不引人注目，今日特意穿著便服。此番前來是通知我校錄取一位叫阿道夫•希特勒的考生，去年他已經落榜一次，今年一定得考上。

"科勒上校，我能問原因嗎？"我說。

"抱歉，我無法告訴你，但這是命令，你一定得執行。"

科勒上校離開後，我把那名考生的作品拿出來看，該怎麼說呢？畫得中規中矩，但離錄取尚有一段距離。

由於這是軍方下達的命令，我別無選擇，只能讓阿道夫•希特勒取代弗舍爾•韋伯上榜。

後來我才知道弗舍爾•韋伯是第二次報考我校，這次的再度落榜讓他徹底死了當一名藝術家的心，轉而加入德國工人黨，並逐步走上獨裁的道路，直接和間接造成第二次世界大戰。

至於阿道夫•希特勒，他後來成為一所中學的美術老師，口碑不錯，但不幸死於戰爭結束前夕，享年56歲。

（713）

苗芬芳從小就有兜齒問題，也就是所謂的"地包天"，不僅影響口腔功能，還有礙觀瞻，這讓她產生自卑感，鄰居大哥丁守義算是少數幾個不看輕她的人。

十幾年過去後，苗芬芳考進了外地大學，臨行的前一天夜裡，丁守義找到她，問："我可不可以喜歡妳？"

"你……你什麼意思？"苗芬芳紅著臉問。

"就是……我想當妳的男朋友，可以嗎？"

苗芬芳萬萬沒想到醜陋的自己還會有人喜歡，這是在做夢嗎？

見苗芬芳遲遲沒反應，丁守義只好自己找台階下，表示不可以就算了，兩人還是當朋友好了。

"我沒說不可以呀！"苗芬芳急著澄清。

"那就是可以囉？"他高興地握住她的手，"有空我到妳的學校找妳，好嗎？"

"好。"

這兩個年輕人從鄰居成為情侶，頗出人意料，因為事先完全沒徵兆，不過多數人還是給予祝福，畢竟農村人娶媳婦兒不易，而苗家也知道自己的女兒長相欠佳，倘若能嫁給知根知底的人，也算是上輩子燒好香。

就這樣，苗芬芳和丁守義在雙方家人的默許下開始正大光明地交往，就等著苗芬芳完成學業後領證結婚，哪知意外發生了。

"我不在乎妳的長相，妳何必一定要做矯正？"丁守義說。

"這不光只是長相問題，還會影響牙齒的咀嚼功能，所以我必須做。"苗芬芳答。

拗不過女友的堅持，丁守義最後還是答應了，連矯正費用也是由他出，而那筆錢原來是作為翻新舊屋之用，好給未來的新娘子一個美麗的婚房。

歷經三個小時的手術，再經六個月的恢復期，苗芬芳一天比一天漂亮，而丁守義卻一天比一天消沉，尤其最近經常聯繫不上女友，到學校找人也總是撲空，這一切的一切，最終在一個大雨滂沱的夜裡真相大白。

"那個人是誰？"全身濕透的丁守義抓住女友問。

"神經病！"苗芬芳用力掙脫，"你沒看到下雨啊？！人家開車送我回來有錯嗎？"

"這麼晚了，妳和那個男的去哪裡了？"

"開房去了，怎樣？"

丁守義氣得甩了女友一巴掌，也正因這一巴掌，兩人從此分道揚鑣……

五年後，丁守義來到醫院，病床上的苗芬芳形如枯槁，但看得出仍是美人一個。

"醫生說我的梅毒已到了晚期，"她氣若游絲地說，"基本已無治癒的可能，否則我也不會要求見你，因為太丟臉了。"

“快別這麼說，有什麼事需要我做的嗎？”

“沒有，你能來看我，我已經很高興了。”她伸出手，他緊握住，“謝謝你曾經愛過我。”

“我一直愛著妳。”他答。

聽完，苗芬芳的淚水簌簌而下，像五年前的那場大雨……

（714）

趁著內戰，一群窮人強佔了首富亞瑟‧席爾瓦的玫瑰莊園，艾托便是其中一位，尤其他佔據的是最大、最豪華的主人房，不禁沾沾自喜。

誰也沒料到內戰會持續五年之久，在這五年裡，玫瑰莊園裡的玫瑰早已凋零，整棟豪宅的內外牆也被各種塗鴉和髒字填滿，就別提衛生問題了，由於缺水缺電，屋裡屋外臭氣熏天，垃圾隨處可見，到了寸步難行的地步。

如今內戰終於結束，昔日首富也回到國內，當他看到破敗的玫瑰莊園時，無比心痛，決定恢復它昔日的輝煌，然而住在裡面的人卻不同意，因為他們在此居住五年了，對房子已經產生感情。

席爾瓦先生考慮了一下，承諾為他們在附近租房，租期五年，讓每個強佔他屋子的人都能有一個遮風擋雨的住處……

「不行！」艾托首先跳出來，「五年的期限太短了，我看五十年還差不多。」

陪同席爾瓦先生一同前來的隨從很不可思議地說：「你們強佔我老闆的房子長達五年，他沒收你們房租，還另外租房子給你們住，這已經很仁至義盡了，你們怎麼好意思要求更多？」

此話一出，所有的"強佔者"開始起鬨，席爾瓦先生看苗頭不對，決定先撤了再說。

幾天過後，有人到玫瑰莊園招聘船員，包吃住，老弱婦孺也歡迎。

一開始，莊園裡的人以為是惡作劇，因為戰後經濟蕭條，怎會有人主動提供工作？但懷疑歸懷疑，誰會對送上門的錢說不？加上莊園早已不復原來的樣子，沒什麼好留戀的，於是不出半天的工夫，所有人都簽約了，並於次日全體出海。

現在，亞瑟•席爾瓦終於可以好好地整理他的玫瑰莊園了。

（715）

經濟不景氣，失業人口不斷攀升，人民怨聲載道，九宮國決定引導人民仇外來轉移注意力，哪曉得適得其反，只好改弦易轍，將矛頭指向國內富人，畢竟總得給廣大的老百姓一個洩憤的對象。

這招倒是管用，只是富人心裡很不爽，每年繳納那麼多稅還得當槍靶子，於是挾帶大筆資金移民海外，九宮國賠了夫人又折兵。

“看來不放大招是不行的。”九宮國總統哀嘆一聲，接著轉告下屬，“通過宗教自由法案吧！現在只能靠宗教撫慰人心了。”

（716）

阿方索的皮卡車比他的年紀還要大，難怪經常拋錨，每當這時候，他就得推著車子前進，直到找到維修廠。

"這車早該進墳場了，你何不買輛新的？"修車師傅對他說。

阿方索何嘗不想買輛新的，但囊中羞澀，他只能走一步算一步。

這一天，阿方索停下皮卡車買塔可吃，一名流浪漢走了過來，問："能不能也給我買一個？"

"可以，你要不要沙沙醬？"

「要。」

於是阿方索又買了一個加了沙沙醬的塔可。

流浪漢收下塔可後，說：「你是個好人，我問了一整天，沒人肯為我買餅。」

其實阿方索口袋裡的錢不多，只夠支撐三、五天，但看到比自己還困難的人時，他又忍不住伸出援手，一來少一個買餅錢，窮也窮不到哪裡去；二來他的皮卡車哪天若壽終正寢，他便完全失去收入來源，房東肯定讓他睡大街。換言之，阿方索與流浪漢的距離只剩一步之遙，他希望屆時有人也會慷慨地為他買餅……

幾年過去後，有人停下敞篷跑車買塔可吃，一名流浪漢走了過來，問：「能不能也給我買一個？」

「抱歉！」

「就一個。」

「不可能。」

流浪漢失望地走開。

其實阿方索口袋裡的錢足夠請大街上所有的流浪漢吃餅，但他還是拒絕了，好不容易才完成階級跨越，他根本不想再與底層有任何交集，何況攢錢不容易，這個接濟一下，那個幫襯一點兒，他還存得下錢嗎？

吃完塔可的阿方索重新上路，無一絲猶豫。

（717）

多虎村以虎多聞名（由村名便可窺見），這給村民們帶來不少困擾，譬如外出得成群結隊，同時隨身攜帶護身武器，饒是如此，也有失誤的時候。

"阿一呢？"阿一媽牽著阿二又抱著阿三，慌張地四處張望，"剛剛還跟在後頭。"

"妳怎麼看孩子的？"阿一爸氣得跳腳，"這下子凶多吉少了！"

後來全村人自發搜山，終於在離山腳八百米處發現了十歲的阿一，他除了全身髒兮兮外，沒有明顯的傷痕，倒是腳邊的老年虎被打得遍體鱗傷，正躺在地上奄奄一息。

此事一傳開，阿一成了村裡的風雲人物。他的父母見狀，農事也不讓他做了，每天只讓他幹一件事，那就是勤練打虎技能。

幾年後，阿一從只能打"老弱殘病"虎，進步到能打身強體健的成年虎，他的父母很是得意。

"爸，媽，我好累，不想再打虎了。"阿一對父母說。

"不行，你是全村的驕傲，大家都指望你滅了村子裡所有的虎，你怎能說不打就不打了呢？"他的父親答。

"阿一，"他的母親來軟的，"你不替自己想，也得替家人想，我們之所以每天都有肉吃，那是鄉親們給的，你一旦不打虎，我們還有肉吃嗎？"

阿一很無奈，只能繼續幹著自己不想幹的事，日復一日……

今年，冬天來得比往年早，小動物紛紛冬眠，導致老虎們找不到食物，轉而將矛頭對準村莊，每戶人家養的家禽和家畜，或多或少都有損失，村民們只能集體央求阿一再"積極點兒"打虎。

"每天打一隻虎已經夠累了，何況除了打虎，我也想幹點兒別的。"阿一答。

"打虎正是你該幹，也是唯一該幹的。"村長說，"我們全村的人都指望你，你不能讓我們失望。"

一言不合，阿一負氣躲回自己的房間，好幾天都不願見人。

阿一的"怠職"讓老虎們更加猖獗，面對鄰里的指責，阿一的父母只能將氣灑在阿一身上，冷嘲熱諷不說，還玩"一哭二鬧三上吊"的把戲。

"夠了！"阿一猛然打開房門，"我打，不過有個條件，我要全村的人都看著我打虎。"

得知兒子願意打虎，這對父母終於鬆了口氣，轉身便敲鑼打鼓去。

就在全村人的注目下，特意換上一身白的阿一緩緩上山，不久便與雪白的山合為一體，若不是一抹蚊子血的出現，村民們大概還發現不了阿一……

（718）

韓師傅收到一塊海藍寶原石，他構思了一下，決定雕一片葉子，還是紋路不明顯的那種，因為寶石本身的透明度高，也沒什麼裂，無需通過複雜的工藝來掩飾缺點。

葉子雕好後，韓師傅忍不住在社交網站上炫耀一番，果然得到很大的反響。

" 這塊寶石真漂亮，你可以雕一尊如來佛。" 有網友建議。

" 不，做成無事牌比較好。" 另一名網友說。

" 我看還是玉觀音合適。"

"刻如意吧！"

"貔貅，因為寓意好。"

"厚度夠，做成小龍環應該不錯。"

......

網友們討論得熱火朝天，但韓師傅卻悄悄下線了。

陳家11代以前曾有人中過進士，皇帝還送了"進士及第"的匾額，一直高掛在陳氏祠堂裡。某年，廖家趁著兵荒馬亂加入強盜的隊伍，大到金銀財寶，小到銅錢器物，無一不搶，這當然也包括陳氏祠堂裡的匾額……

自從聽說此事，再看到原本應屬於陳家的匾額被高掛在廖氏祠堂裡，陳廷風義憤填膺，想"物歸原主"的念頭與日俱增，終於在某個夜裡付諸行動，把"偷"來的匾額重新掛回陳氏祠堂裡，這引發陳家與廖家的紛爭，一場法律大戰就此展開。

何法官受命審理此案，從物件的屬性看

，理應屬於陳家，但歷史遺留問題也不容小覷，怎麼判都有瑕疵。

看自己的老公陷入困境，何法官的太太指點迷津：「如果不知該怎麼判，就將事件上升到更高的層面吧！」

後來匾額進了國家博物館，陳廷風進了拘留所七天，不留案底。

（720）

李京花離婚後回到老家居住，她父母倒還好，但弟妹可不樂意了，經常黑臉不說，還冷嘲熱諷。

每當這時候，李京花總默默走開，避開正面交鋒，因為自己和女兒的日常用度還得靠父母接濟，而父母的退休金不高。換言之，弟弟和弟妹的收入是這個家的主要經濟來源，她可不願在名利雙收前得罪金主。

針對今後的謀生問題，李金花是有計劃的，那就是寫作。是這樣的，自從得知全球暢銷書作家J.K.羅琳成名前靠社會救濟金過活，李金花便視這個女人為偶像，並產生"有為者，亦若是"的想法，因為她的情況和J.K.羅琳很相像（都是離異帶著小孩），不同的是人家靠社會救助，而她只能仰賴家裡人。

"等我的書火了，第一步便是給家裡人幾百萬元，然後和小米搬出這個小窩，過上揮金如土的生活。"李金花為自己打氣。

書寫了五、六年，李金花也忍氣吞聲了五、六年。在這期間，家裡人總要她出外找份工作做，別當蛀米蟲。她嘴巴不說，但心裡很不服，因為她與"功成名就"就只差一本暢銷書，何苦為餓不死的工資每天汲汲營營？

這一天，終於有一家出版社伸來橄欖枝。

"針對合約內容，您有什麼要問的？"出版社編輯說。

"沒有。"她很快地答。

"那我待會兒發正式合約給您。"

"好的。"

簽完合約，她馬上將好消息告訴家裡人，她的弟妹問："出版社給妳多少錢？"

"沒錢，是根據銷量，然後按比例分成。"

“妳被騙了！”她弟妹斬釘截鐵地說，“跟出版社簽約都是先拿到一筆錢，起碼三、五萬元。”

聽此言，簽約的喜悅立即消失殆盡，更糟的是，弟妹的話在李京花的腦海裡無限放大，到最後她真的相信自己上當受騙了。

“我要解約。”她告訴出版社編輯。

“有什麼問題嗎？”編輯問。

“沒問題，就是不想合作了。”

編輯答解約可以，但需付一筆解約費。

李京花沒錢，但又不願吃啞巴虧，只能衝到出版社鬧事，揚言若不無條件解約，她便要引火自焚。

出版社怕真的出人命，只好與她解約，不收一分錢。

順利拿到解約書的李金花卻無一絲喜色，當她落寞地回到家中時，免不了又被家裡人輪番指責，因為她的潑婦行為已被好事者上傳到網上，成了當天的最大笑話。

李京花又何嘗願意如此？她一直以為自

己是落難的金鳳凰，而金鳳凰向來是高貴的、優雅的、聖潔的……

「媽，妳怎麼了？」已經上小學的小米問進到房間的母親。

「寫妳的功課，別煩我！」

看女兒噤聲後，李京花拿出手機，將文檔調出來，稍微猶豫了一下後，還是按下永久刪除鍵……

（721）

歷經兩個多小時的馬拉松長跑，眼看還剩最後一百米就能抵達終點，愛麗絲卯足全力衝刺，不出意外的話，戴上桂冠已是板上釘釘的事。誰也沒料到此時場邊會衝出來一個人，遞給她一面國旗，說："加油！"

為了這場比賽，愛麗絲準備了四年，目標當然是奪魁，如果收下那面國旗，多出來的長物勢必會影響她的發揮；如果不收，她將終生背負罵名……

當金牌得主所屬國家的國歌響起時，愛麗絲哭得上氣不接下氣；另一廂，遞國旗的人則無比欣喜，因為賬戶裡多出來的錢剛好夠她在歐洲窮遊一整年。

（722）

姜太公在河邊釣魚，不一會兒的工夫，魚上鉤了。

"我的鉤子上沒魚餌，你怎麼就上鉤了？"姜太公對魚說。

"我想著不可能沒魚餌，所以探一探虛實。"魚答。

姜太公把魚從鉤子上取下，扔回河裡去，接著繼續釣魚。沒多久，同一條魚又上鉤了。

"怎麼又是你？"姜太公對魚說。

"我想著第一次沒魚餌，第二次總該有吧？！"魚答。

姜太公又把魚從鉤子上取下，扔回河裡去，接著繼續釣魚，可是沒多久，同一條魚"又又"上鉤了。

"這次是什麼原因？"姜太公問魚。

"我就想問真的沒魚餌嗎？"

"沒有。"

重新回到河裡的魚不甘心，在釣鉤附近徘徊了一會兒，最後還是咬住鉤子。

這次姜太公沒有急著提竿，而是靜靜地看著水面，直到下沉的浮標又緩緩浮起……

（723）

為了戒癮，雪莉加入團體治療活動，參與者皆有不同程度的沉溺行為，譬如毒癮、網癮、小說癮、菸癮、酒癮、熬夜癮、食癮、工作癮、購物癮……等。

當輪到雪莉做陳述時，她沉默了好一會兒。

"沒關係，妳如果還沒準備好，可以等到最後再說。"主持活動的布什醫生說。

"不，"雪莉深吸一口氣，"我準備好了。"

根據雪莉的描述，她有嚴重的性癮，隨時隨地都能做，公廁、小樹林、樓梯間、停車場、墓園……等，只有想不到的，沒有做不了的，她還因此患上大大小小的性病。

雪莉一說完，參與者紛紛給予她各種建議和精神支持，這也是團體治療活動的特色與意義所在。

等活動一結束，雪莉立即找到布什醫生，說：“我不認為在團體面前剖析自己有用。”

“我認為妳應該多參與幾次再下結論。”醫生答。

當雪莉步出醫院時，發現喬治正在外面等候。

“妳終於出來了，能陪我喝一杯嗎？”喬治說。

如果雪莉記得沒錯，喬治有酒癮，一天不喝就會心慌。

“好呀！”雪莉爽快地答應下來。

在酒吧裡，喬治一杯接著一杯地喝，到了第六杯，雪莉逕直跟酒保說：“沒錢了，你自己惦量要不要再給酒。”

“胡說！”喬治去掏褲兜裡的錢包，“我……我有錢。”

雪莉把喬治的手按住，然後架著他離開
。

經過一年的團體治療活動，雪莉幫助了
有酒癮的喬治、有毒癮的凱瑞、有網隱
的阿貝、有工作癮的提姆、有菸癮的亞
倫……

某天，布什醫生問雪莉："一年過去了
，妳想繼續參加團體治療活動嗎？"

雪莉果斷點頭，因為自從幫助癮友後，
她就再也沒染上性病……

（724）

好不容易盼來年假，楊營興奮地睡不著覺，心想一定要把這陣子的疲憊和所受的委屈全給彌補回來，這包括沒日沒夜的加班以及主管偶爾興起（不分晝夜和場合）所發出的索命連環call。

說起楊營這次參加的七日五國歐洲團，大概為了省錢，旅行社訂的是凌晨一點起飛的航班，導致他不得不把行李帶到公司，等晚上九點加班完畢，再叫上出租車前往機場。

"各位注意了，"導遊小哥發話，"我們坐的這個航班會在香港停留5個小時，大家千萬別走出機場，否則後果自負！"

楊營記得旅行社發來的行程單上寫的是直飛航班，怎麼改在香港中轉？

針對楊營提出的疑問，導遊小哥的答覆是——那個航班臨時取消了，來不及通知各位。

這個答案令楊營很不爽，滯留在機場5個小時豈不意味著花在旅遊上的時間會少了5小時？

然而一個巴掌拍不響，當別的團員都默默接受時，孤掌難鳴的楊營也只能吃下啞巴虧。

歷經17個小時，飛機終於抵達巴黎戴高樂機場，一行人尚未從疲勞中恢復過來，馬上就投入行程當中，而且為了趕上那"消失的5小時"，不得不披星戴月，終於在期限內完成法、德、荷、比、盧五國遊的目標。

等假期一結束，同事們紛紛圍著楊營，問起他的歐洲行。

"挺好的，爬了山，看了風車，也拜訪了莫扎特的出生地。"紅著雙眼的楊營答。

"莫扎特？"同事小方露出迷惑的表情，"莫扎特不是出生在奧地利嗎？"

楊營被問住了，他只記得曾拜訪過一位音樂家的故居，是不是莫扎特？他現在也迷糊了。

"的確是莫扎特，"楊營故作鎮定，"他寫過《C小調第五交響曲》。"

同事們紛紛點頭，然後對小方投去同情的眼神……

（註：《C小調第五交響曲》又名《命運交響曲》，乃德國作曲家路德維希·凡·貝多芬所創作。）

（725）

白從搬來美國，張老先生的生活就像在寒冬裡發動一輛老爺車，好半天也打不著火。日子一久，他女兒也瞧出了不對勁，所以等學校一放暑假，便差遣兒子每天帶著姥爺上社區公園走走。

"Why me?" Alex嚷著，"I already made an appointment with my friend to watch a movie."

他母親答看電影什麼時候都能看，何必急於一時？還是與姥爺聯絡感情比較重要。

Alex最不想做的便是和姥爺聯絡感情，雖說他是被姥爺帶大，直到六歲才飛到美國與父母團聚，但多年未見，曾有的親密感已變得疏離，當然也難有熱情。如今母親差他每天帶姥爺上社區公園走走，Alex寧願上華文學校，也不願面對一個"不熟"的親戚。

當Alex把心中想法說出來時，他母親表示這就是為什麼讓他和姥爺一對一相處的原因，因為他的華文學了三年，可是連一個完整的句子都說不出來，這明顯是缺乏口語練習，所以別再找藉口推脫，這事沒得商量！

為了不激怒每天累成狗的母親，Alex只好心不甘情不願地答應下來……

"小虎，你慢點兒，我趕不上你。"張老先生氣喘吁吁地說。

"My name isn't 小虎。我是Alex，can you hurry up?"

張老先生聽不懂小虎在說什麼，只能重複讓他慢點兒走，可惜無果。就這樣，兩爺孫以相距約五十米的距離，先後來到社區公園。

"這湖真漂亮！"張老先生望湖讚歎，"咱老家也有，只是沒那麼多隻鴨子。"

Alex橫豎聽不懂，所以左耳進右耳出。

“這些鴨子有主人嗎？”張老先生接著問。

此時的Alex索性掏出手機打遊戲，來個充耳不聞。

張老先生再怎麼遲鈍，也瞧出外孫不願與自己交流，索性放他自由。

“Really？”Alex兩眼發光，“我真的可以leave？”

“真的。”張老先生無奈地答，“如果你母親問起，我會說你跟我一起上公園，不過中午吃飯時間你一定得回，否則容易穿幫。”

為了讓外孫小虎不致於誤會，張老先生說完還做了個吃飯的動作。

“I got it. I'll come home before noon. Don't worry.”Alex答。

接下來的每一天，Alex的父母前腳一走，他後腳也跟著溜出去，不過每到中午12點，他還是會準時準點地出現，畢竟自己的零花錢不多，支撐不了天天外食。

一開始，張老先生把女兒從中餐廳帶回來的剩菜剩飯加熱了吃，被外孫抱怨幾次後，菜色有了很大的進步。

"太delicious了。" Alex吃得眉開眼笑，"It's better than Beijing Duck."

為了討好小虎，張老先生每天換著花樣做，直到警察上門來，他才知道公園裡的鴨子是受法律保護的。

"等等。" 張老先生走回房間，再出來時，手裡抓著幾張鈔票，"我有錢，多少錢我付了就是。"

"爸，" 他女兒用普通話說，"這跟多少錢無關，公園裡的鴨子不能抓，更不能殺來吃。"

"那怎麼辦？吃都吃了。" 張老先生喃喃道。

此時的張老先生尚不知攤上了麻煩，但他女兒是知道的，所以跟警察好說歹說，才讓自己的父親免於牢獄之災，但社區勞動是免不了的。

現在的張老先生每天都上公園打掃衛生，逢華人問起，他便表示自己是義工，不收錢的，讓人油然而生欽佩之情……

（726）

住在北京的彭女士於這個月24日的白天搞丟了愛犬，心急之下，她撥打了市長熱線。

"媽的，丟了狗也撥打市長熱線，閒得很！"甲說。

"大白天還會丟狗，這人眼瞎了不成？"乙說。

"搞不好是藉遛狗的名義開房去了。"丙說。

"聽你這麼一提，還真有此可能性，這狗也可憐，散個步還得幫主人打掩護。"丁說。

……

不過一天的工夫，彭女士便在社交平台上發佈"狗找到了"的消息，並為浪費公共資源深表歉意。

發完消息，彭女士走遍大街小巷，像在尋找什麼東西。

（727）

劉詩玉受不了老公被小三迷得七葷八素，決定以毒攻毒，找來自己的好閨密當小四。

按理說，只要是正常人皆會回絕這麼奇葩的要求，可是余丹楓卻答應下來（這當然與豐厚的金錢回報脫不了干係）。

面對主動送上來的美人，章丙陽這個老色鬼自然不會拒絕，很快便冷落小三，改寵小四。

劉詩玉一看不對勁，講好的"功成身退"呢？

"詩詩，"余丹楓說，"我是想退，可是老章不許呀！"

65

這分明就是推脫之辭！

劉詩玉思前想後，最後做出退讓——只要老公離開余丹楓，她對他的風流韻事便不再過問。

章丙陽這個老油條，當然不會為了一棵樹，拋棄整座森林；余丹楓也做如是想，經此事後，她雖然失去劉詩玉這棵搖錢樹，卻多了其他富婆閨密，她們個個都妄想聯合次要敵人，打擊主要敵人……

（728）

參議員麥可‧馬丁內斯在任期內病故，根據憲法，喬納州州長有權選擇一位適當的人選來接替，直至下次選舉結果揭曉。

目前的熱門人選有三位，依序為傑克‧史密斯、大衛‧施米茨和女明星尤麗迪絲‧泰戈。前兩位的名氣當然不若後者高，加上尤麗迪絲是一名激進的女權運動家，有她加入，一向被邊緣化的喬納州肯定聲名鵲起。

正當大家以為尤麗迪絲就要代表喬納州入駐參議院時，結果卻大跌眼鏡。

"我在此宣佈由傑克‧史密斯頂替故去的麥可‧馬丁內斯，成為參議院中的一員，繼續為民眾效力。傑克•史密斯是一位不可多得的人才，在擔任大學副教授期間……”

喬納州州長還在侃侃而談，女明星尤麗迪絲•泰戈已經決定發起大型的抗議活動，直至州長承認錯誤為止。

可以想見，喬納州就要聲名鵲起了。

（註：這個意外“收穫”並不在州長的計劃內，他之所以選擇傑克•史密斯，乃因難忘在某個政商聚會中，聚光燈全打在尤麗迪絲•泰戈的身上……）

當同學們利用閒暇時間打工賺取生活費時，小謝決定另闢蹊徑，那就是寫網文，興許哪天也能像那些大神一樣，輕輕鬆鬆就月入六位數。如此一來，大學畢業前就能實現財富自由，這豈不是比上奶茶店搖杯或騎車送外賣強？

想到做到，可是當他提筆時，卻發現猶如千斤重，一個小時過去了，愣是一個字都寫不出來。

"不行，我得找個師傅教教我。"他心想。

當小謝在網上發出尋找師傅的帖子後，引來一些不友善的言論，不過他不氣餒，依舊持續發帖。皇天不負苦心人，半個月後，終於有個自稱是寫作老師的人聯繫上他，表示願意無償教他寫作。

"太好了！"小謝興奮非常，"我該如何稱呼您？"

"就叫我小高好了。"

於是在小高老師的指導下，《洪一道師修仙記》的閱讀量快速上升，直衝十萬，平台立刻伸來橄欖枝，可是就在簽約前，有讀者發現《洪一道師修仙記》與無疆所著的《道君成仙記》雷同，連主要人物的設定都一樣。

在此情況下，平台當然不敢貿然簽約，不過能給予小謝自證清白的機會。

"我……我……我也不知道為什麼會這樣。"他答。

這個回覆等於落實了抄襲，平台連夜下架《洪一道師修仙記》。與此同時，在另一個平台已連載多年，早過了高光時刻的《道君成仙記》，訂閱量卻激增，很快便破百萬。

這場風暴最後以小謝面對面向原作者公開道歉，並錄影為證結束。

“沒事了，小夥子。”無疆拍拍小謝的肩膀，“不經一事，不長一智，以後別再抄襲就好了。”

“我聽您的，小高老師。”

無疆愣了一下，最後苦笑道：“真是後生可畏呀！”

（730）

白從與小婭分手後，鄭崇文哪哪都不順，不是被狗追，就是一連拉了好幾天肚子，他隱約感覺是小婭搞的鬼。

"出來，我有話問妳。"鄭崇文打給前女友。

"沒空！"

"那我上妳公司去。"

"別別別⋯⋯我出來就是，等我五分鐘。"

．．．．

見面後，鄭崇文直接質問：" 妳是不是給我作法了？否則我怎麼事事皆鬧心？"

" 那叫多行不義必自斃！" 她冷哼一聲，" 真是天道好輪迴，蒼天饒過誰？"

" 妳就不心疼我？"

" 我怎麼心疼你？是你提的分手。"

" 那……和好吧！"

" 鄭崇文，你沒發燒吧？！"

經此一問，鄭崇文提醒自己別犯傻，今天是來興師問罪的，不是來求復合，結果話一說出口卻是——我不管，要嘛復合，要嘛現在就解除施加在我身上的魔咒。

後來郭小婭和鄭崇文不僅和好如初，兩人還攜手走上結婚殿堂。

噢！對了，在他倆婚後的十多年日子裡，鄭崇文總共被狗追過108次，拉肚子的次數也數不勝數，但他從未懷疑是妻子小婭搞的鬼，一次都沒有……

（731）

1999年，我的初中同學衛平安找到我，說想合夥開鞋廠。

"我對這行一竅不通，再說，我剛失業，囊空如洗，你找錯人了。"我答。

"你對這行不了解沒關係，我是你的合夥人，我了解就行，至於資金……你家在郊區不是有塊地嗎？拿來蓋廠房正合適，就當出了錢。我呢，就負責前期的支出和銷售，你只要盯著工人，別讓他們偷懶就行。"

我家在台灣郊區是有塊不大不小的地，最近有人出價2000萬，父親想著要不賣了吧！一部分拿來開補習班；另一部分則留給我娶妻。

當我把家裡人的規劃告訴衛平安時，他嗤之以鼻地說以他對我的了解，絕對應付不了囉哩囉嗦的家長們，至於娶妻……等鞋廠一開，財富自然源源不斷地滾進來，到時候還怕娶不到老婆？

我想想也對，於是回家說服二老，剛開始還受阻，最後還是遂了我的意，誰讓我是家裡未來的頂樑柱？

鞋廠蓋好後，我是名義上的老闆，但因對業務不熟悉，很多事情還得仰賴衛平安，久而久之，他對我頗有怨言，而我也不高興他總是自作主張，儼然幕後老闆，不過看在鞋廠經營得不錯的份上，我們二人還是"貌合神離"地走過近十個年頭，直到2oo8年金融危機來襲，才不得不壯士斷腕。

"哎！這些年賺的算是賠進去了。"衛平安有氣無力地說，"機器我賣了，也沒多少錢，就當是我的遣散費吧！"

想到我倆合夥做生意，他的付出的確比我多，沒功勞也有苦勞，我遂答應了。

鞋廠正式關門的那一天，我站在廠房前良久，直至仲介小章拍了一下我的肩膀，我才回過神來。

"徐老闆，待會兒人來了，我們在哪裡簽合同？"小章問我。

"到廠房裡簽吧！雖然東西都搬得差不多了，但會客室的桌椅還在。"我答。

"現在行情不好，買家能出這個價已經很夠意思了。"

"我知道，如果不是想提前退休，我大概也不會賣地。"

交易完成後，我的銀行卡裡多出了一筆錢。

"這一億兩千萬元應該夠我躺平下半輩子了吧？！"我心想。

（732）

上學那會兒，簡少恩就曾暗戀過蕭燕，那時的蕭燕不僅功課好，人還長得美，如果說簡少恩把一半的青春歲月都獻給了她，一點兒也不為過。

後來，蕭燕不負眾望地考上北京的頂尖大學，名落孫山的簡少恩這才斷了念想。

白駒過隙，一眨眼，十幾年的光陰匆匆而過。某天，簡少恩瀏覽應聘簡歷，赫然發現其中有個叫蕭燕的人。

"該不會是同名同姓吧？！"簡少恩邊想邊湊到電腦屏幕前，"看著是有點兒像，但學校沒對上，應該不是才對。"

幾天後，HR對簡少恩說通過面試的有兩人，一個畢業於名牌大學，另一個則相對遜色，請他給個意見。

"別考慮名牌大學的那一個，我們的薪水不高，早晚留不住人。"他答。

後來簡少恩才知道留下的那個叫蕭燕，與他當年的暗戀對象實為同一人。

"妳……"簡少恩張口結舌。

"簡經理，這份文件需要您的簽名。"蕭燕說。

簡少恩把遞過來的文件翻到末頁，直接大筆一揮，接著說："晚上我們敘敘舊。"

"不了，下班後我還得接兒子。"

"妳……結婚了？"

"離了，你呢？"

"……已談婚論嫁。"

"恭喜了。"

接下來有好長一段時間，簡少恩都沒再見到蕭燕，原因是他臨時被調到樓上的另一個部門當代理總監。

某天下班後，簡少恩在停車場"偶遇"蕭
燕。

"妳怎麼還沒去接兒子？"他問。

"先上車，"她快速回答，"別讓其他同
事看到。"

此時，簡少恩才意識到這不是偶遇。

蕭燕上車後，起初還有點兒支支吾吾，
後來就口若懸河，談話的重點有二，一
是她認識了一個住在美國的有錢老頭；
二是她需要路費，好飛去美國與老頭見
面。

"妳就這麼急不可耐？兒子怎麼辦？"他
問。

"交給我母親照顧，她也贊成我儘快找
個伴兒。"

"找伴兒中國也能找，再說，公司不會
批准妳請那麼多天的假。"

"中國男人都想娶黃花大閨女，換你，
你也不想娶個二婚的。"

無端被波及，簡少恩選擇沉默以對，蕭
燕只好把後半段的話說完——公司若不
准假就辭職，事若成了，誰還稀罕回公
司拿餓不死人的薪水？

簡少恩琢磨了一下，看這勢頭，應該是向他借錢。

"妳想借多少？"他問。

"五萬，但……如果方便的話，請多借給我一些，出門在外，口袋裡若有錢，至少不心慌。"

五萬塊說多不多，但好歹也是辛苦錢，何況這錢借出去，八成是要不回來了。

見簡少恩半天不吱聲，蕭燕開始訴苦，說若不是造化弄人，她也不會被學校退學，好不容易捲土重來，重考時又發揮得不夠理想，勉強上了個二本。進入大學後，她使出渾身解數抓住一位優質男，原以為婚姻會給她帶來幸福，結果卻是遇人不淑。現在她把所有的希望都寄託在那個美國人身上，只要結了婚，她的後半生還會有翻牌的機會……

簡少恩很想勸她理智點，外國的月亮不見得比較圓，但害怕蕭燕誤會他對她還有想法，所以決定按兵不動。

"你……你為什麼不說話？我都那麼低聲下氣了。"她語帶哽咽，"上學那會兒你給我寫過情書，你忘了嗎？如果你怕錢打了水漂，我可以給你寫欠條，外加利息。"

“利息免了，借錢給妳也沒問題，只是……”

“你是不是怕結婚對象知道？放心，你不說，我不說，沒人會知道。”蕭燕指著前方酒店，“把車開到那裡去。”

“這是幹嘛？”他問。

“先付利息給你，本金我以後再還。”

後來，蕭燕如願坐上飛往美國的航班，而簡少恩仍舊保持單身狀態……

（註：“有結婚對象”是簡少恩杜撰出來的，不過貌似多此一舉，因為蕭燕再落魄也沒把他放在結婚人選的名單上。）

（733）

3 5歲被辭退，一時沒找到工作的孫多力決定出外散心，計劃從成都一路騎機車進藏。

久聞川藏公路景色壯麗，幾日下來，果真如此，那綿延不絕的雪山、那鬱鬱蔥蔥的森林、那一望無際的草原、那懸崖絕壁的峽谷……等，無不令人讚歎，然而這些都比不上接下來的一幕——平坦蜿蜒的公路上，有位自行車騎士緩慢騎行，身後跟著一條狗。

孫多力加速前進，當趕上時，多嘴說道：“你自己不累，也別累著狗。”

“狗不是我的，多次趕它也不走，我能怎麼辦？”自行車騎士邊騎邊無奈地答。

興許是累了，此時的狗不再跟著，眼巴巴地望著兩個男人漸行漸遠。

"這下好了，成功擺脫了。"孫多力說。

哪知自行車騎士忽然掉頭，把狗撿起後，重新上路。

"你這不是犯賤？"孫多力問。

"已經跟了五、六天，怎麼也放心不下。"自行車騎士答。

孫多力想了想，他的摩托車總歸比自行車跑得快，遂主動提出載狗一程，兩人約好在前方約15公里處的折多山埡口碰面。

自行車的正常騎速是每小時12～20公里，換言之，再怎麼折騰，兩個小時應當足夠，可是孫多力左等右等，就是不見那人的蹤影。

"看來你的朋友不要你了，你還是走吧！"孫多力對狗說。

狗嗚嗚兩聲，樣子很是可憐。

孫多力管不了那麼多，跨上機車揚長而去，然而神奇的事情發生了，當他在高爾寺埡口停車休息時，赫然發現一個白色的身影向他跑來。

"你這個小傻瓜！"孫多力喊道，"就不怕死在公路上？"

罵歸罵，看小狗又飢又渴的樣子，孫多力還是讓它分享自己的食物和飲水。

接下來的五天，小狗一直跟在孫多力身後。

"喂！"大貨車經過時特意減速，司機探出頭來，"你自己不累，也別累著狗。"

"狗不是我的，多次趕它也不走，我能怎麼辦？"孫多力邊騎邊無奈地答。

司機想了想，他的大貨車總歸比機車跑得快，座位還寬敞，遂主動提出載狗一程，兩人約好在前方約5〇公里處的海子山埡口碰面。

大貨車離去後，孫多力趕緊跟上，可是騎著騎著，他忽然減速下來，接著離開公路，往崎嶇的小徑騎去……

薛亮的母親早逝，他的父親很快又娶了一個，對於這位忽然出現的女人，薛亮打從心底排斥。

"亮亮，從今天起，這位就是你母親，快喊媽。"他的父親對他說。

薛亮咬緊牙根，一句話也不說。

"快喊呀！你這小子。"他父親神情不悅地喝道。

"算了算了，得給孩子時間。"那女人轉向薛亮，"亮亮，你以後就叫我崔阿姨吧！"

事實證明，這個崔阿姨並沒有苛待繼子，相反的，她儘可能地給予這個沒媽的孩子足夠的母愛，可是薛亮就是不肯喊她一聲媽。

35年後，薛亮的父親罹癌，臨終前他當著所有親屬的面，要薛亮善待自己的母親。

"她不是我媽。"薛亮說。

"就算非親非故，相處了那麼多年，好歹也有感情。"他父親氣若游絲地說。

"她是崔阿姨，不是我媽。"薛亮再次強調。

薛父病逝後，所有人都以為無後的崔阿姨會被掃地出門，再不濟，晚年也會很淒涼，然而事實卻大相徑庭，薛亮不僅盡到贍養的義務，而且一照顧就是十多年。

"妳兒子真有孝心，"護士將點滴瓶掛上，"從妳住院，一直忙進忙出。"

"他不是我兒子。"崔氏說，"卻勝似兒子。"

（735）

當陳奕迅的《好久不見》風靡全國時，鍾立韋感覺歌詞簡直是為他而寫的，記憶一下子跳回到從前……

"韋，你確定不跟我去洛杉磯？"鍾立韋的女友問。

"我好不容易才找到體制內的工作，再說，我的英語不好，到那裡只能依賴妳生活，屆時妳會對我生厭。"他答。

後來兩人一合計，等雅薰拿到碩士文憑，並且有了兩年的工作經驗後就回國，然而不過一年的光景，伊人便"電話不接、寫信不回"，雖然沒嚴重到絕交的程度，但實質已沒有什麼差別。

為了某種倔強和骨氣，鍾立韋首先寄出絕交信，這麼一眨眼，二十年過去了，而他依舊單身。

某日，鍾立韋忽然有了到美國一遊的念頭。

"怎麼飛洛杉磯？該不會想找舊愛敍舊吧？！"清楚他過往的朋友問。

"怎麼可能？我不過是想看看大峽谷，不得不先落地洛杉磯國際機場而已。"鍾立韋答。

熟悉美國的都知道，離大峽谷最近的是位於亞利桑那州的弗拉格斯塔夫普里阿姆機場，非洛杉磯國際機場。

鍾立韋也許騙過了別人，但騙不了與自己朝夕相處的母親。

"兒啊！出國散散心也好，但可別把別人穿過的舊鞋又給拾回來。"他母親意有所指地說。

算一算，雅薰也已經四十有五，這個年紀即使不結婚，想必感情生活也很豐富多彩。

"媽，妳想到哪裡去了？"他擁住自己的母親，"到時候給妳買洛杉磯最有名的香蕉麵包哈！"

飛機抵達洛杉磯後，鍾立韋立即在加州大學洛杉磯分校的附近住下，因為這所大學是雅薰的母校。

接下來的幾天，如同《好久不見》那首歌的歌詞一樣，他走過了雅薰走過的路，甚至坐在街角的咖啡店，幻想著"沒正式提分手"的女友會忽然出現，然後與他坐著聊聊天……

"這是你的咖啡，"一個看似學生的女服務員將咖啡放下，"你在等人嗎？"

忽然聽到鄉音，鍾立韋很是吃驚，脫口而出："什麼？"

"我發現你天天來，而且眼睛總看向窗外，似乎在等人。"

"算是吧！只是那個人不知道我在等她。"

"有照片嗎？我就住在附近，也許認識你在等的人。"

二十年前還流行紙質照片，鍾立韋遂把皮夾裡的照片拿出來，那名年輕女孩接過後目不轉睛。

"怎麼，妳認識？"鍾立韋小心翼翼地問。

"這……這是家母呀！"

話音一落，鍾立韋立即搶回照片，接著奪門而出，當晚便登上返回中國的航班。

後來有人問起鍾立韋的美國行，他總自嘲這是一趟救贖之旅，讓他不再心存幻想……

是的，那名女服務員是個膚白貌美的中美混血兒（原來雅薰嫁了個老美），而能住在加州大學洛杉磯分校附近，代表家境不俗，甚至說得上富裕。

"哎！我希望她過得好，但沒料到她會過得這麼好，襯得我像個傻子似的，簡直欺負人！"鍾立韋心有不甘地想著。

（736）

針對我家如何腰纏萬貫這件事，華人圈子傳得沸沸揚揚，我一概不予理會，可是獨子已近30歲，怎麼也該娶個媳婦兒，我不得不放下身段，與一些三姑六婆打交道。

"快三十歲了，的確該交朋友，令郎在哪裡高就？"

問的最多的便是我兒在哪裡上班的問題，哎！有的人就是不明白一個道理——當富到一定程度，就能錢生錢，根本無需勞動。

"他……他在家寫作。"我答。

"噢！那就是作家，都寫過哪些作品？"潛在說媒人繼續問。

這話可不能亂答，因為很容易露餡兒，於是我說我回家問問，結果這麼"一問"，答案變了。

"我兒子最近在談一個項目，是商業機密，所以無可奉告。"

我自認答得天衣無縫，可是這些閒來無事，就會東家長李家短的婦女卻不買單，紛紛表示女方絕對會問男方職業，如果閒賦在家，哪怕富到流油也不好使，畢竟"坐吃山空"也是可能的。

我呸！存款九億的我，就算子孫坐吃山空也要好幾代，然而說這些又有何用？只會給自己帶來無窮無盡的麻煩而已。

與老婆商量過後，我決定幫兒子開一家書店，這樣至少與文藝沾點兒邊，看起來像個有為青年。

結果書店一開張，除了第一個禮拜在我和妻子的監督下，兒子勉強"坐店"外，其餘皆"無為而治"，氣得我血壓驟升，差點兒住進醫院。

"算了算了，反正也不靠書店過活，趕緊讓孩子相親才是要緊的事。"老婆對我說。

我想想也對，立馬將"好消息"公之於眾
。

海外華人圈子本來就小，很快便有適婚
女子請求見面，這實在是件好事，我立
刻要兒子準備相親。

"不去！"兒子斬釘截鐵地答。

"這事可由不得你。"我說。

"如果不怕到時候我把你做過的醜事全
抖出來，儘管安排！"

為了求富貴，我昧著良心搜刮民脂民膏
至海外，這件事只有至親及共同利益者
知道。

"我是倒了八輩子血霉，才生出你這個
不知感恩的東西！"我邊說邊氣得全身
發抖。

"這句話應該換人說才對。"

我愣了幾秒鐘，才發現自己被影射了，
血壓一上來，立即失去知覺。等醒來後
，我被告知罹患中風，下半輩子不光不
能正常生活，連上廁所也需要人幫忙。

為此我後悔了好一陣子，當初就不該發
火，這下子費勁心機得來的錢再也無福
消受。

雖然我的存款仍是九億（不論我和家人怎麼使勁花，總維持在這個數字，只是上下略有浮動），但我的幸福指數卻是負九億，這算不算惡有惡報？哎！

（737）

在短視頻蔚為時代潮流的今日，只要有一些過人之處，加上資本炒作，很快就能掌握流量密碼，好比"能吃辣"的汪喜花便是，她依據本身的這項特長吃了一波風口紅利，成為擁有一百多萬粉絲的網紅。

都說人紅是非多，同樣能吃辣的大黑子粉絲看不慣汪喜花的狂妄（這是被打造出來的人設），跑到評論區搗亂；汪喜花的粉絲當然也不客氣，立即給大黑子送上花圈，兩派人馬因此吵得不可開交。

也不知是哪個人提起的，反正一場"爭霸戰"吵著吵著就成真了，而且吃的還是令人聞風喪膽的龍息辣椒。

「那可是世界排名第一的辣椒啊！據說只是口含一下，舌頭都能麻掉，我可不想白白送命。」汪喜花聽聞後，立即打退堂鼓。

「妳若想留住粉絲，就得迎戰，否則就回去繼續養豬。」姜導滿臉不悅地說。

既然團隊導演都發話了，汪喜花怎麼也得硬著頭皮上陣。

到了比賽這一天，主持人對台下觀眾介紹起比賽規則——鑑於龍息辣椒的危險性，比賽時間定在一分鐘，誰能在一分鐘之內吃下最多辣椒便是優勝者。

當比賽的哨聲響起，汪喜花慢慢拿起龍息辣椒，再慢慢遞到嘴邊，這個過程用了10秒鐘。

「怎麼還不倒地？」

汪喜花的腦海一產生這個念頭，耳邊立即傳來碰的一聲，她趕緊將辣椒塞入嘴裡。

「快！快叫救護車。」主持人高喊著。

此時，汪喜花的粉絲高興得手舞足蹈，而她嘴裡的辣椒到底有沒有嚥下去，已經無人關心。

您若問汪喜花怎會想到利用拖延戰術？
其實這是她當年餵豬時所得到的啟發
——凡進食急不可耐的豬仔，往往第一
個上斷頭台。

（738）

十多年前，梁五金的財務出了點兒問題，但他放不下身段借錢，直到年關將至，怎麼也得讓家人過個好年，這才向他的好兄弟（阿發）開口借五百塊錢，哪知連那樣小的金額也遭拒，這個打擊無疑是巨大的，直接或間接促成《骨氣包子鋪》的誕生。

現在的梁五金已經擁有五家包子鋪，每天的流水能做到五位數，按理說，他應該已經放下當年的心結，實際卻非如此。

今日，梁五金忽聞阿發的生意發生周轉不靈，債主已經將他家團團包圍住，立即揣上五萬塊前去救急。

"阿金，謝謝你，錢我會盡快還上。"阿
發低著頭說。

"空口無憑，你還是寫個借條吧！"他答
。

等梁五金一走出阿發的家，立即將手中
的借條撕個粉碎，紙屑像花瓣一樣落下
……

此時的梁五金才算真正放下心結。

（739）

一百多年前，王家兄弟鬩牆，越吵越凶，終至不可調和，結局便是王家小弟負氣出走，在河的另一邊落地生根，而且為了徹底與本家劃清界限，連姓也改了。

一百多年後，王家後人找來，喝令"汪"家立即認祖歸宗，因為他們的身體裡流淌的是王家的血脈。

"笑死人了，你說認祖歸宗就認祖歸宗，也不管我們願不願意？""汪"家子孫答覆。

"正是，不管你們願不願意，都得照做，否則只能訴諸武力。"王家人說。

此時的"汪"家人還不明白對方來真的，依舊嘴硬，結局便是遍體鱗傷地全被押回本家。

將"流浪在外"的家人迎回家後，王家變得更加強大，因為河的另一邊已被列入他家產業，而夾在兩者間的河域也成了他家魚塘，怎麼說都划算！

聚會結束後，江淑萍懷著一肚子的酸水回家，她的女兒Shelly不明就裡，高興地對她說：" 媽，我剛烤了個舒芙蕾，妳要不要嚐嚐？"

" 嚐什麼舒芙蕾？我都氣飽了。"

" 怎麼回事？"

" 還問怎麼回事？Wendy考進五大投行，妳呢？只是個蛋糕師傅。"

從小到大，Shelly的母親就常拿Wendy來打壓她，她雖不滿，卻也無可奈何，誰讓Wendy真的優秀。

幾個月後，Wendy的母親忽然打電話向江淑萍訴苦，原因是自己的女兒招呼都不打一聲便與非裔男子登記結婚，更慘的是肚裡還懷有身孕，這若生出個小黑人，Wendy的一生就毀了……

聽到電話那頭泣不成聲，江淑萍趕緊好言相勸。等通話完畢，她立即撥打女兒的手機號。

"媽，什麼事？" Shelly問。

"沒……沒什麼，就想問妳好不好？"

"很好，只是工作忙，有時連午餐都吃不上。"

"那可不好，"她停頓了一下，"這樣吧！今晚妳約男友回家，我煮頓好的給你們吃。"

Shelly的男友是一名影院售票員，金髮，臉上有密密麻麻的雀斑，江淑萍老瞧他不順眼，今日卻主動請吃飯，很是蹊蹺。

"媽，妳還好吧？！" Shelly小心地問。

"好，當然好，好得不能再好。"她答。

放下電話後，江淑萍邊哼歌邊把冰箱裡的雞蛋拿出來，那蛋殼的顏色像白人的皮膚一樣白……

（741）

索薩總統一就任，很多文人墨客便對他口誅筆伐，原因在於他的上位史並不光彩。

面對鋪天蓋地而來的言語攻擊，索薩總統很是心煩，他的機要祕書看出了端倪，主動把這件棘手的事給攬下來，結果不到半年就控制住輿論。

"你是如何辦到的?"索薩總統問。

"報告總統先生，我成立了作家俱樂部，然後把罵您的人大多養起來。"機要祕書畢恭畢敬地答。

"大多?"

"嗯！總有幾位收買不了，不過聲音不大，撼動不了您的超然地位。"

"誰說的？"索薩總統指著報紙上的一篇文章，"這個叫蘋果樹的就把我罵得狗血淋頭。"

"那……那是您的前妻啊！"

索薩總統皺了皺眉，機要祕書立即心領神會。幾天後，社會救助會成立，設名譽會長一名，接受各界捐款……

（742）

年輕時的喬彤美得不可方物，然而終究沒逃過歲月這把殺豬刀，她不得不尋求專業人士的幫助。

一開始，喬彤不過是打打針、做做激光治療，看效果不錯，又追加了項目，從此便在整容與修復之間來回跳躍，臉部也越發奇怪。

"妳的臉不能再整了，至少短期內不能。"醫生對她說。

愛美的喬彤哪聽得進去？她迫切想回到原來的狀態，於是劍走偏鋒，終於把自己整成了怪物。為此，她躲在家裡，日日以淚洗面。

雖然已經足不出戶，但"大明星喬彤整容失敗"的消息還是不脛而走，面對接踵而至的採訪要求，喬彤猶豫良久，最終還是全盤接受，心想就賺最後一筆，權當為自己攢養老錢。

現在的喬彤在岡比亞海灘曬太陽，臉部仍舊怪異，但擋不住非洲小哥哥們的熱情，一口甜心，一口親愛的，把她哄得很開心，彷彿又回到年輕時"眾星拱月"的狀態。

親友們皆告誡喬彤千萬別掉入愛情陷阱裡，可是她才不管這些，美貌已不復存在，其他也沒什麼好失去，等金醫生、麥醫生、高醫生、吳醫生、薛醫生給的封口費都花得差不多後，她再赴美整容，聽說老美的錢更好賺，只要證據確鑿，連死後地宮都能掙出來，如此這般，豈不美哉？

想當初考上北京的大學，溫億州也曾做過許多美夢，但自從被現實無情地鞭打後，他就想過過清閒的日子。思來想去，回家鄉當教師是個不錯的點子，既沒有升遷壓力，也很難失業，唯一的缺點就是薪水不高，但這不是什麼大問題，一來他對吃住沒要求，也不打算成家；二來平日最大的花銷是買書，不過他已有渠道，能買到廉價且品相良好的二手書……

“早知今日，也不需要讀大學了，咱這村，只要大專文憑就能當小學老師。”他的父親叨唸著。

“本來還想著到北京享福，”他的母親接

著說，“這下子全泡湯了，我怎麼這麼命苦？”

面對兩老的失望與不滿，溫億州的應對方式是將每個月的贍養費提高到一千五，自己只留一千元，希望這個補償能讓父母少埋怨一些。

然而躲過家裡人的轟炸，卻沒能逃過村裡人的閒言碎語，溫億州忍無可忍，最後還是灰溜溜地重回大城市。

“你家阿州回北京了，這是好事，留在村裡能有什麼出息？”有好事者說。

溫家兩老笑得很苦澀，以前好歹還有一千五的贍養費可拿，現在則是一分錢也沒有，有時甚至還得倒貼，如果這就是出息，還真諷刺！

（744）

老 周結婚得晚，好不容易得來一子，可惜腦子不行。

某天，口無遮攔的馬大爺對老周說："我看你家兒子傻不愣登的，還是送特殊學校吧！"

"你才傻呢！你們全家都傻，信不信我打你？"

看老周掄起鋤頭，馬大爺立即腳底抹油，還是保命要緊。

聽說馬大爺差點兒掛彩，這提醒村長得小心說話，在話過家常後，他導入正題。

“我看你家球球挺機靈的。”村長說。

“哪裡機靈了？連數數兒都不會，前兩天還尿褲子，被我一頓好揍。”老周答。

“用拳頭可不行，孩子得教。”

“媳婦兒跑了，農事又這麼忙，我哪有時間教？”

村長接著告訴老周有關鎮上特殊學校的種種。

“不行！”老周猛搖頭，“若把球球送進特殊學校，豈不證實他就是個傻子？”

“那你落伍了，只聽過越教越聰明，沒聽過越教越笨，何況特殊學校的老師們都是高學歷，且受過專門的培訓，讓球球每天都處在學習的氛圍中，不比在家無所事事強？”

老周想了想，村長所言不無道理，於是同意讓自己的兒子上特殊學校。

自從上了特殊學校後，球球能從1數到100，也不會隨地大小便，老周感到很欣慰。

某天，口無遮攔的馬大爺又來了，他對

老周說：“我看你家兒子沒那麼傻了，這都是學校老師的功勞。”

“我家兒子是不傻了，但你很傻。”

“什麼意思？”

馬大爺話一問完，一個拳頭揮了過來。

（745）

認識利秋的人都說她很獨立，屬於不給團體拖後腿的那類人，不過她不給別人拖後腿，不代表別人不會給她拖後腿。

“我肚子餓了。”南茜說。

“下樓右轉有幾家餐廳。”利秋答。

“已經夜裡II點多了。”南茜又說。

“多找幾家，應該還有營業的。”利秋又答。

“我不是那個意思，而是時間晚了，我怕有危險。”

“那吃餅乾或泡麵。”

“我們是出來旅行，又不是出來逃難，何苦虐待自己？”

利秋欲言又止，最後還是把抱怨的話吞進肚裡去，轉而陪南茜到大街上覓食。

說起南茜，利秋與她認識還不到72小時（網上聊天不算），就已經蓄滿一肚子的苦水，還好這次是個短程旅行，再忍個24小時就能解脫，不像上回，結結實實在沙漠裡待了21天，天天度日如年，導致她發下毒誓——若再找旅遊搭子，她就是小狗！

後來之所以自打嘴巴，還是因為錢，少了旅遊搭子平攤費用，她的旅遊次數和天數減少很多，對於旅遊成癮的人來說，這個損失太大了，她寧願不婚不育，也不願錯過與世界近距離接觸的機會。

這次從多倫多回來後，利秋只安靜了三個月，便又開始在社交平台上發佈帖子，不到半天的工夫，一個叫大衛的人聯繫了她。

“不好意思，帖子上寫得很清楚，我找的是女搭子。”利秋回覆。

“實話告訴妳，雖然我的官方身份是個男的，但內心是個女的，妳能理解嗎？”大衛問。

利秋當然能理解，她旅遊過那麼多國家，什麼新奇的事沒見過？何況過去的經驗告訴她100個女搭子有100個奇葩方式，若不是為了安全著想，她寧願找個男的。

如今大衛表明自己的性取向，利秋便順水推舟，開啟另一種旅遊模式。

一個月後，利秋與大衛行經拉斯維加斯，兩人腦子一熱，登記結婚了。

（註：根據利秋的說法，她與大衛相處愉快，結婚是為了省去尋找旅遊搭子的麻煩。）

當晚，大衛爬上利秋的床，說：" 親愛的，我得向妳坦白，其實……我的內心是個男的。"

利秋拍拍他的肩膀，道：" 沒關係，我換衣服的時候，你閉上眼睛就行。"

（746）

蔣自忠在旅遊景點開了一家民宿，由於競爭激烈，經營得很辛苦。某日夜裡，一家三口走進他的民宿。

"標間一晚兩百元，押金五百。"蔣自忠說。

"我身上的現金不夠，能明天中午再付嗎？"男的說，"明天中午我妹夫會開車過來接我們，到時候就有錢了。"

蔣自忠不喜歡客人賒賬，但一想到今晚只開了兩間房，再這麼下去，遲早倒閉，只好勉為其難地答應了。

次日臨近中午，果然有人來找這一家三口，蔣自忠遂打電話通知客人，可是卻無人接聽，上門一探，這才發現三人已死亡，地上有木炭燃燒過的痕跡。

蔣自忠簡直不敢相信這麼倒霉的事會發生在自己身上，房費沒收到不說，還攤上三條人命，這消息一出，還會有人上門投宿嗎？

更加令人無語的是，房東後來以"拉低房價"的名義起訴承租的蔣自忠，經討價還價，以三萬元和解。

三萬元雖不多，但蔣自忠已經無心經營，最後以極低的價格轉讓出去。

"哎！這些年賺的，算是虧進去了。"他邊抽菸邊感慨，"現在只能將希望寄託在彩票上。"

據說人倒霉到了極點，偏財運反而旺盛，何況那一家三口還虧欠他，有了鬼魂力量的加持，蔣自忠相信這期一定能中……

也只有在這時候，蔣自忠才能毫無怨言地原諒這家人，說到底，"迷信"也不是一無是處呀！

（747）

莊愛渝認為再也沒有任何人比她的老公更加優秀，這個男人不僅學識淵博，而且身材比例絕佳，只有經過特別打造，才可能有如此完美的人。

“這不就好了嗎？妳還有什麼不滿意？”心理醫生問她。

“我老公雖好，但他不愛我。”莊愛渝答。

“妳如何知道他不愛妳？”心理醫生又問。

“我們同床不同被，呃……正確地說是他從不蓋被。”

"不蓋被？冬天也是嗎？"

"是的，再冷也不蓋。"

"這倒新鮮！"心理醫生思考了一下，"除了這個，還有什麼異常之處？"

"他知道什麼是愛，但他不知如何去愛，譬如當我感冒時，他會為我配好藥，同時告訴我用量，但不會噓寒問暖，哪怕盛碗湯給我，也是奢求，因為他說盛湯是小芳的工作。"

"小芳？"

"嗯！小芳是我家的廚子，會做出整桌的酒席，我認為再也沒有任何廚子比她更加優秀。"

"這不就好了嗎？老公給妳配藥、廚子為妳盛湯，妳還有什麼不滿意？"心理醫生問她。

莊愛渝看著眼前的心理醫生良久，心想："這個機器人可真冷血，一點兒同情心和同理心也沒有，肯定是哪裡出了問題。哎！截至目前為止，設計出來的三款機器人，也只有小芳零失誤，看來我還得加把勁……"

（748）

打從今年夏天起，各家書店都出現了一本奇怪的書《我的一天》，作者為冷眼旁觀，書的前言只有五個字——這才是生活！

如果說前言還算正常（起碼簡單明瞭），正文就鐵定不正常，因為通篇皆是記流水賬，且精確到以秒為單位，好比某時某分某秒吃了一口橘子，再到某時某分某秒吐了一口痰，全鉅細靡遺地記錄下來，讓人瞠目結舌。而更令人不解的是此類垃圾文竟然還有銷量（貌似還不錯），氣死在寫作路上披荊斬棘的作家們。

"你為什麼買《我的一天》？"小文問小唐，"我連觸碰到這本書都覺得掉價。"

“因為作者藉文字來表現行為藝術，這是劃時代的創新，具有重大意義。”小唐答，“講到行為藝術，乃指在特定的時間和地點，由個人行為或群體行為所構成的一門藝術，通常通過肢體動作來表達，所以又稱身體藝術。如今又多了一種表現方式，放眼古今，絕無僅有……”

小唐還在侃侃而談，而小文已經決定待會兒就上書店買這本奇書去！

（749）

2○3○年，AI（人工智能，Artificial Intelligence的簡稱）文大行其道，只要下載軟件，再輸入文章類型、男女主角性格、結局走向等，不到一分鐘，一本專為個人定製的電子書便完成了。

這個風向讓出版行業雪上加霜，連暢銷書作家的地位也岌岌可危，取而代之的是Al作家，譬如Jennifer、小丁和老五等，它們皆有非常顯明的個性化寫作風格，而且幾秒鐘就能完成一部十萬字以上的長篇作品，所以廣受讀者歡迎。

眼看"賣文謀生"無望，大批出版社和全職寫作人員只能改弦易轍……

“文總，您寫的這本書實在太精彩了，只需稍微潤色一下就很完美。”出版社的李編輯說。

“我不要AI修改，”文總答，“那太一般了，現在到處都是AI文。”

“當然當然，”李編輯點頭如搗蒜，“我們出版社提供的正是人工潤色服務，機器太廉價了，顯示不出作品的偉大之處。”

後來李編輯把文總寫的小說交給曾經的文壇大師易光之修改，言明一定不能有AI的痕跡。

易光之正愁無處發洩對AI的仇恨，當然卯足全力修改，一年後，一本曠世傑作誕生了。

“不錯不錯，”文總邊讀邊點頭，“人工潤色的就是不一樣。”

現在文總的書房裡已經有二十多本以自己的名字署名的著作，每一本都是精品，日後將成為遺產的一部分傳給下一代，在快餐文學充斥的當下，顯得無比稀缺與珍貴……

（ 750 ）

鄭世則和馮雙雙分手時，他們讓共同領養的狗選擇跟爹地還是媽咪，結果小白選擇了媽咪。

" 這樣也好，" 鄭世則想著，" 平常我工作忙，沒空遛狗。"

看似和平分手，哪知半年後再起波瀾，原因是馮雙雙即將再婚，對方有一隻五歲大的牛頭梗。

" 既然妳要嫁人了，對方也有一隻狗，小白就讓給我吧！" 鄭世則說。

" 開什麼玩笑？小白一直跟著我，就像我的家人一樣，誰會把家人拱手讓給陌生人？" 馮雙雙答。

起初，鄭世則並不誠心要小白，不過是找藉口探一探舊情人是否真的要結婚，當得知自己已被貶為陌生人時，驟然來氣，想要回小白的心也變得無比堅定，到最後竟劍走偏鋒，綁架了小白。

“既然你這麼想要，我把小白讓給你，只要你待它好。”馮雙雙很不捨地說。

“不用妳提醒，誰會待自己的家人不好？”鄭世則賭氣地答。

到了馮雙雙成婚的那一天，鄭世則把小白帶到山上遺棄，這隻狗是他和馮雙雙僅有的聯繫，現在聯繫沒了，他才能重新出發……

（751）

姜雪妍被公司辭退後，拿著N+3的賠償金飛到泰國，打算旅居一陣子，並嘗試當數字遊民的可能性，可是不到3個月，她便殺回國，同時各種吐槽，包括天氣熱、道路不平整、交通混亂、食物難吃……等等。

"不會吧？！"段彩英說，"我去過泰國，雖然妳提的缺點不假，但與它的美景和悠閒一比，都是小事。"

"妳多待幾天就知道，"姜雪妍答，"長居與短居終究不同。"

閨密團又七嘴八舌了一番，直到近午夜才解散。

回到出租屋的姜雪妍和衣躺在床上，腦海中盡是有關泰國種種，那耀眼的陽光、一望無際的果凍海、香味撲鼻的打拋飯、總是笑口常開的當地人……共同編織成一段美好的回憶，她很想繼續待下去，奈何口袋裡的錢不允許，哎……

（752）

全職寫作近十年，曾在揚還是沒能寫出點兒名堂，他陷入深深的自我懷疑之中。某天，他偶遇小學同學黃某，談了一下彼此的近況，黃某建議他去拜佛。

"拜佛有用嗎？"他問。

"死馬當活馬醫囉！就算沒用，對你也沒什麼損失。"黃某答。

曾在揚想想也對，即日便到鄰近廟宇上香。拜佛過後的當日夜裡，他夢到神明對他說："你不是文曲星轉世，強求也沒用。"

"拜託了！"曾在揚跪了下去，"我一定得成名，即使犧牲生命也在所不惜！"

“你可想好了。”

“我想好了，絕不後悔！”

夢醒後，曾在揚文思泉湧，下筆有如神助。一年後，他贏得全國文學大賽的首獎，從此像開了掛似的，成了別人口中的文壇大師……

“兒啊！你怎麼無精打彩的？是不是有什麼煩心事？”他母親問。

“最近我常常在想如果人生是有意義的，那麼三島由紀夫、川端康成、海明威、赫拉巴爾等巨擘為什麼要自殺？我的成就沒他們那麼高，卻還苟活著，這本身就是個笑話！”曾在揚答。

他母親一聽，這可不妙，強拉兒子出外散心，當行經廟宇時，曾在揚表示自己想進去拜一拜。

“也好，咱們買柱香吧！”他母親說。

拜佛過後的當日夜裡，曾在揚又夢到神明對他說：“欲握玫瑰，必承其傷，再這麼下去，你母親就要白髮人送黑髮人了。”

“既然這樣，讓我走原本該走的路吧！”他答。

“你可想好了。”

“我想好了，與其走火入魔，我寧願當個普通人！”

夢醒後，曾在揚能感覺到自己的寫作功力大不如前，但他快樂許多，能嚐出食物的美味，也能對發生的事做出反應，這是以前想都不敢想的奢望。

“這個世界也許少了一個文學巨匠，但我的世界卻多了一份泰然，人啊！還是得接受自己的平凡。”曾在揚心想著。

吃完早飯，黎老太太把一天該用的東西全放進自己的公文包裡，接著出門。

"黎奶奶，又上班去了？"同小區的蘇大媽問起。

"是的，朝九晚六也挺累人的。"她自嘲。

黎老太太每天都上小區的圖書室報到，逢人便說那是她的工作室，他人也不點破，誰會跟一個七旬老人較真？

當時針指向12點05分，有個人走進圖書室，把一個三層手提便當盒遞給黎老太太，說："這是今天的中飯。"

黎老太太吃完便當，便在圖書室的三人座沙發上躺下，等午覺醒來，已近下午四點，她趕緊換上跑步鞋。

"看！那個跑步的就是把患病老公扔在家裡，自己躲進圖書室的黎奶奶。" 季大姐說。

"患病？患什麼病？" 朱大爺問。

"老年痴呆症唄！怕有一年了。"

"就這麼把老年痴呆症患者留在家裡，豈不危險？"

"大概怕別人說閒話，請了個保姆照看，這個保姆除了看護病人，還得給黎奶奶送飯。"

"嘖嘖嘖……黎奶奶可真會享受。"

"可不是嗎？"

正在跑步的黎老太太聽到了話屑子，但不動聲色。

等時間來到5點50分，黎老太太左手拿著公文包，右手提著便當盒回家去。

"今天老頭子怎麼樣？" 黎老太太問家裡的保姆。

“挺好的。”保姆脫下身上的圍裙，“晚飯煮好了，湯也燉好了，今天我還打掃了衛生間。”

當保姆離開後，黎老太太接手晚班的工作，有了白天的放鬆，她覺得自己應該能應付，誰讓兩老的退休金加上兒子給的贍養費仍不夠請個住家保姆，為了長遠計，她只能出此下策……

（754）

Bella上紐約玩，發現路邊有人擺攤賣包，上面還有防盜扣。

"怎麼你的包還有防盜扣？"Bella問老黑。

"零元購聽過沒？這代表我賣的是真貨。"老黑驕傲地答。

Bella看著散落一地的名牌包，懊惱地說可惜沒有她鍾意的牌子。

"妳鍾意什麼牌子？"老黑問。

"愛馬仕kelly包，25尺寸，顏色是大象灰。"

"沒問題，過兩天妳到河對岸，我肯定給妳。"

過了兩天，Bella如約而至，可是老黑卻說沒搶到她想要的，只搶到一個兒童用手包。

Bella一看，這不是有錢也買不到的"愛馬仕小房子"嗎？當下便掏錢買下。

待Bella走後，老黑立即轉移陣地，他得趕在客人察覺有異前開溜，再晚就來不及了。

（註：零元購乃網絡流行語，指對奢侈品店、大型連鎖店、街頭小商鋪等實施"快閃"式搶劫。）

（755）

說起Des，他是高開低走的典範，最後還落得橫死街頭，令人不勝唏噓。

"不公平！" Des對上帝說，"祢為何要如此羞辱我？"

上帝平靜地答："我沒有羞辱你，這個人生是你一早就定下的。"

Des當然不信，於是上帝抽出一份卷宗遞給他，上面清清楚楚記載他何時獲得青少年十佳殊榮？何時公費出國？何時就職世界五大律所？何時受賄入獄？何時妻離子散？何時成為流浪漢？何時被街頭混混圍毆致死？

"這……這是我決定的？"Des難以置信地問。

"是的，本來就職五大律所後，你會成為律所合夥人，接著過上人人稱羨的富裕生活，但你覺得這樣的安排太一般，想來點兒不一樣的，最好能誇張到令人驚掉下巴來。"

Des仍不願相信自己會如此愚蠢。

"那好，"上帝把一本空白卷宗遞過去，"接下來的這輩子，你可以做出不同的決定。"

Des興奮地寫下一個完美人生，包括提早實現財務自由，並且家庭美滿、兒孫滿堂。

"多無聊！"坐在Des身旁的Messiah探過頭來，"你看看我寫的，這才具備挑戰性！"

Des一瞧，果然九死一生。

"可是我不想活得這麼累。"Des說。

"那也行，"Messiah答，"但總得有難度吧？！太容易就獲得，只能說明你本質上就是個懦夫！"

Des最受不了被激將，於是把寫過的擦掉，重寫的內容堪稱凶多吉少，可說是劫後餘生。

"這下子沒人說我是懦夫了吧？！" Des自豪地想著。

（756）

尤婉珍從小就能看到別人看不到的人，但她都守口如瓶，直到有個老爺爺跟她一起回家。

"媽，廚房裡的老爺爺為什麼還不走？"尤婉珍忍不住問母親。

她母親走到廚房核實過後，很生氣地說："哪有什麼老爺爺？妳就是電視看太多，還不快去寫功課！"

尤婉珍就知道會是這個結果，從此更加三緘其口。

這麼一晃眼，二十多年過去了，時間來到尤婉珍的歸寧日，她和新婚丈夫被親戚簇擁著拍了幾張團體照，照片送到這對新人手裡時，已是好幾天以後的事。

139

“拍得挺好的，只是其中有一張怪怪的，妳母親好像在打蒼蠅。”她老公說。

尤婉珍記得很清楚，回娘家的那天一直有個猥瑣大叔跟著她，拍照時還不請自來，就擠在她和母親之間……

望著手中的“怪”照片良久後，尤婉珍決定打電話一探虛實。

“照片拍得很好，”尤婉珍說，“只是其中一張拍壞了，阿良說妳好像在打蒼蠅。”

“打什麼蒼蠅？”她母親衝口而出，“我打的是人。”

此刻的尤婉珍已經嚇得說不出話來。

突來的沉默讓她母親意識到說錯話了，趕緊改口自己的確在打蒼蠅。

“什麼時候的事？”尤婉珍問，聲音帶著嚴肅。

“打小就這樣。”她母親答。

“那妳還……”

“這不是保護妳嗎？”

聽母親這麼一說，尤婉珍不由自主地撫摸自己微突的小腹，心想這個小生命可

千萬得“正常”啊！否則歷史又要重演了
。

米國二王子娶了個不省心的女人，把王室搞得烏煙瘴氣，這讓國王和王儲很是不滿。

"父王，再這麼下去，我恐怕繼位無望了。"王儲憂心忡忡地說。

國王也清楚現在的新生代很反感王室的存在，再經這麼一鬧，形勢更加不妙，王儲的擔憂不無道理。

"別擔心，我自有打算。"國王答。

幾個月後，二王子及其夫人雙雙車禍身亡，消息傳來，舉世震驚。

"父王，為什麼？"王儲問。

"為了替你掃除障礙。"國王答。

“那也不用連……”

“不這麼做的話，恐怕難杜悠悠眾口。”

葬禮過後，王室的支持率達到歷史新高，因為民眾普遍認為王室遭遇劫難，此刻不應該站在對立面。

見狀，國王因勢利導，很快宣佈退位，讓王儲成為新國王。哪曉得幾年過後，王室還是被推翻，“老”國王氣得捶胸頓足。

“父王，您是不是生氣白殺了人？”末代國王問。

“不，我是生氣從現在起得自己關車門，而我還沒準備好接受這麼掉價的事！”

（758）

農民亞伯勒的莊稼被羊群踩壞了，他懷疑是牧民安東尼搞的鬼，可是如果訴諸法院，萬一法官裁定"司法決鬥"，體型矮小的他根本打不過安東尼，這如何是好？

幾日過後，伐木工人雅各的斧頭柄上有個缺口，看樣子像是被動物啃過，他懷疑是安東尼家的羊搞的鬼，遂將對方告上法院，然而審理該案的法官卻沒有裁定"司法決鬥"，反而檢查起村莊裡所有牲畜的牙齒，因為斧頭柄上有微量的血跡，應該是啃咬時留下的。

當法官輾轉來到亞伯勒家裡時，屋主忽然成了啞巴。

“你家有幾隻牲畜？”法官問。

亞伯勒擺擺手。

“你的意思是沒有？”法官又問。

亞伯勒點點頭，依舊不肯開口。

由於沒能在村莊裡找到可疑的牲畜，法官只好讓雅各與安東尼決鬥，把決定權交給上帝。

當雅各獲勝的消息傳來時，亞伯勒開心地笑了，露出只剩半截的上顎正門牙……

（註：公元501年，勃艮第國王貢德鮑規定決鬥可以視為一種司法審判手段，因為上帝會保證說真話的那個人在決鬥中獲勝。）

（759）

渡邊醫生是漸凍症方面的專家，但直至他的父親因呼吸衰竭而亡，他也沒能研究出什麼特效藥來，反倒讓身為研究對象的父親受了不少罪，甚至延長了痛苦的時間，渡邊醫生為此很是自責。

這一天，病房裡來了一位已到了漸凍症中期的病人，家屬希望能延長她的壽命，因為公司正處於生死存亡之際，倘若掌門人有個三長兩短，只會加速公司倒閉。

"醫生，我還剩多少時間？"

短短一句問話，鈴木小姐花了近一分鐘才說完。

"每個人的狀況不同，一般在2～5年。"渡邊醫生答。

鈴木小姐又問漸凍症的晚期表現為何？當得知真相後，眼露哀感。

"我知道這聽起來很令人氣餒，但也許明天就有特效藥上市，誰知道呢？所以還是要對未來有信心，加油！"

話說得滿滿當當，但身為最前線的醫務人員，渡邊醫生清楚地知道此症目前的治癒率為。，只能眼睜睜看著自己漸漸僵硬，然後死去……

一個月後的某天，鈴木小姐支開看護，向渡邊醫生表達希望安樂死的願望。

"可是日本不允許安樂死，您可以上瑞士試試。"渡邊醫生建議。

鈴木小姐表示自己的家人不會同意，所以才要拜託醫生，如果渡邊醫生願意幫忙，她便把手腕上的鑽錶送給他。

"抱歉，我愛莫能助。"渡邊醫生答。

這個結果讓鈴木小姐很是失望，可是幾日過後的一個夜裡，渡邊醫生卻來到鈴木小姐的病床前，同時支開看護。

"鈴木小姐，我來是為了告訴妳——我願意協助妳安樂死。"渡邊醫生說。

鈴木小姐露出感激的眼神。

"妳想何時開始？"渡邊醫生接著問。

鈴木小姐努了努嘴，老半天才擠出"現在"。

"現在？妳不需要做準備嗎？譬如見見親人。"他說。

鈴木小姐又努了努嘴，老半天才擠出"不需要"，接著望向自己的左手腕。

渡邊醫生立即心領神會，他表示自己不要鈴木小姐的鑽錶，幫她乃心甘情願。

此時，鈴木小姐發出咿咿呀呀的聲音，似乎很著急的樣子。

"妳別急，我收下就是。"

當渡邊醫生取下鑽錶時，鈴木小姐長舒一口氣，現在她終於可以放下心中巨石，無憾地走向生命盡頭……

然而正是因為收下病人的禮物，渡邊醫生的刑期又多了三年。

"你準備好了嗎？"看守所的民警問渡邊

醫生，“若準備好了，我現在就轉移你至監獄。”

“等等，我想先禱告一下。”渡邊醫生答。

當民警發現不對時，渡邊醫生已經死去，屍檢報告顯示他服用的是高劑量的鎮靜劑，一般人買不到，也意識不到那樣小的藥片會具備什麼危險性。

時間回到鈴木小姐初次表達希望安樂死的那一天，下班回到家的渡邊醫生忽然難以抬頭，舌頭也抽搐起來，加上過去幾個月的經常性跌倒，他判斷自己依然沒能逃過遺傳的魔咒……

（760）

因為打包問題，所有食客的目光都投向同一張桌子。

"我問你，"賈雯莉一副盛氣凌人的樣子，"主菜是不是固定的？那麼我把雞排打包回家有什麼問題？"

"主菜的確是固定的，"餐廳經理答，"但一個人的食量有限，如果大家都像您一樣，不吃主菜，光吃沙拉吧，我們餐廳就要虧死了。"

這樣的解釋非但沒有平息賈雯莉的怒火，反而火上加油。眼見事情就要越鬧越大，餐廳經理只好息事寧人，同意讓顧客打包。

離開餐廳後，賈雯莉眉飛色舞，似乎還沉浸在勝利的喜悅之中，可是一旁的錢紹興卻眉頭深鎖。

"興，你怎麼了？"賈雯莉問男友。

"我有點兒頭疼，大概感冒了。"他答。

"既然不舒服，我就不說你了，不過以後別人欺負我時，你可不能像方才一樣悶聲大發財喔！"

錢紹興一聽，心直直往下落。

幾個星期後，錢紹興單方面提出分手，賈雯莉當然不肯善罷甘休，非要他給個說法。

"沒有理由，都是我的錯。"錢紹興答。

此事後來鬧騰了很久才落幕，兩人從此結下樑子。

這一天，錢紹興在地鐵車廂內偶遇"前"女友，正不知所措時，熟悉的聲音傳來。

"不要臉！摸我屁股。"賈雯莉對一個男人大吼，"你是多久沒見過女人？信不信我告你！"

車廂內的乘客紛紛舉起手機拍照或錄影

，也不知是見義勇為，還是純屬看熱鬧
不嫌事大。

錢紹興見狀，並沒有挺身而出，而是走
向另一節車廂。

是的，他就是隻縮頭龜，可氣的是，竟
然還是隻令人同情的縮頭龜。

（761）

簡阿婆已經65歲了，原本以為可以含飴弄孫、頤養天年，無奈兒子不爭氣，欠下一屁股債，不得已，她只能販賣故事，好減輕家庭負擔。

第一個來找簡阿婆的是一名大齡單身女青年，此人大致介紹了自己的基本情況。

簡阿婆稍微整理一下思緒後，開始說故事：

一年後，尤舒心向公司提出辭呈，然後帶上所有的積蓄遠赴他鄉，每天過著粗茶淡飯，卻又怡然自得的生活。有一天，一位與她年紀相仿且頗有教養的男士經過她租下的小院，兩人簡短打了聲招呼......

"後來呢？"尤舒心急切地問。

"後來得問妳啊！"

尤舒心聽完，猶如醍醐灌頂，錢也付得爽快。

第二個來找簡阿婆的是一名失意畫家，他已經畫了一屋子的畫，依然乏人問津，他很迷茫，不知該不該繼續畫下去。

簡阿婆聽完陳述，沉默了一會兒後，開始說故事：

做畫來到第15個年頭，某天，丁程宇接到一通電話......

"誰打來的？"丁程宇迫切地問。

"一個有錢人。"簡阿婆答。

"有錢人為什麼要給我打電話？"

"你說有錢人為什麼要給你打電話？"

這個反問讓丁程宇茅塞頓開，錢也付得爽快。

第三個來找簡阿婆的是......

. . . .

「停停停……」影視公司的出品部經理喊道，「什麼亂七八糟的框架？誰會想看一個阿婆販賣故事？再說，那樣的人能販賣出什麼好故事？」

「你也別急著否定，」製片人開口，「讓孫策劃說完。」

既然製片人都發話了，出品部經理只能按捺住怒火，暫時不發表意見。

第三個來找簡阿婆的是影視公司的製片人，過去幾年，他為公司製作了不下十部電影，雖也曾激起過一些水花，但截至目前為止，沒有一部不虧，如果即將開拍的這一部再不賺錢，他就得履行當初的承諾，回去繼承家業……

「那部電影後來賺沒賺錢？」坐在現場的製片人忽然插嘴問。

孫策劃深吸一口氣後，答：「賺了。」

（762）

一開始，莊美喬拍的是生活Vlog，然而觀看的人寥寥無幾，於是她改變策略，只拍美食，每天吃吃喝喝，體重也扶搖直上。

本來這是一件令人不快且煩惱的事，但隨著關注及點讚人數的增加，莊美喬發現她的發胖滿足了某些人的獵奇心理，無意間掌握了流量密碼。

"美喬，妳再這麼胖下去，小心妳老公不要妳了。"她母親提出忠告。

"才不會！"莊美喬嗤之以鼻，"我現在的收入比他高，他該擔心的是我會不會不要他？"

有了金錢加持，莊美喬敞開了吃，體重也由原先的103斤暴增到如今的225斤，醫生說若再不減肥，她的退化性關節炎很可能讓她走不了路，從此以輪椅代步。

考慮再三，莊美喬決定減肥，這個過程無比艱辛，而更令她痛苦的是粉絲數驟減到不及原來的一半。

"很好，妳已經降到標準體重，從現在起可以正常飲食了。"十八個月後，醫生對她說。

所謂的標準體重對亞洲人來說實屬微胖，莊美喬不滿意，所以繼續減肥，日常飲食也從清淡轉為無油無糖，嚴苛到近乎變態。

可喜的是，當人們發現鏡頭裡有個形銷骨立的女人在啃生菜時，紛紛予以關注，很快，莊美喬又成了擁有百萬粉絲的大網紅。

某天，醫生對她說："妳的身體狀況已經造成閉經和重度貧血，若再不增肥，後果自負！"

為了健康著想，這次莊美喬增肥到103斤即止，然後轉換跑道賣貨，現在小莊

直播間賣得最好的是瘦身湯和增肥奶粉
，這兩樣，她一樣也沒嚐過。

婚前，紀文強特意到日本的某個知名工作室，要那裡的師傅根據女友田素素的照片進行雕刻。

幾個月後，紀文強收到成品，把玩一陣後，將雕像置於書桌上，早晚都要打上幾次照面。

在田素素眼裡，這是愛的表現，所以即使婚後被習慣性家暴，只要丈夫萌生悔意，她都會原諒。

這一天在書房內，兩口子因家用問題一言不和，眼看丈夫又要舉起拳頭，田素素快速從書桌上拿起雕像，質問他當初的愛意哪裡去了？

"放下，"紀文強神色緊張，"有話好好說。"

田素素不了解，明明真人就在眼前，怎麼丈夫好像更捨不得那塊石頭？

"你還想打我不？"田素素問。

"不打了，不打了，妳趕緊放下。"

等田素素一放下，紀文強立即將雕像捧在手心裡，仔細觀察是否完好。

這太不正常了！而更令人起疑的是此事過後，雕像進了銀行保險箱，連田素素也不知道密碼為何。

"這聽起來的確蹊蹺，"田素素的閨密眉頭一緊，"那個雕像貴嗎？"

"不貴，也就是塊白色石頭。"

田素素回答得沒錯，只是這塊白色石頭通常被喚為羊脂白玉，屬於白玉中的極品，幾萬元一克，即使雕的是枯枝敗葉，也不減它的價值。

（764）

William 不明白像父親這樣的保皇黨為什麼會在皇室垮台後，立即站在新政府這一邊？

帶著這個疑問，William度過了十數個寒暑。某天，他任職的公司被收購，新老闆給舊員工下最後通牒：三天內得簽新的勞動合同，不簽的滾蛋！

此時的William終於明白父親當年的心思，他果斷簽了新合同，不帶一絲猶豫。

（765）

從小，夏雲的母親總告訴她要當一個幸福的女人。有一天，她終於開口問母親要如何辦到？

"找一個像妳父親一樣的男人就行。"她母親答。

在夏雲的記憶裡，她的父親包辦了家裡的大小事（連照顧她的保姆都是父親請的），而母親只需負責微笑和貌美如花。

"這不公平！"她小聲地說。

夏雲以為母親會辯白幾句，結果沒有，因為此刻的她更關心自己的眉毛畫歪了沒？

成年後的夏雲執意要找一個不同於自己
父親的男人，她也做到了，可是……

「小寶昨晚哭了一整夜，妳睡死了嗎？」

「我的毛衣在哪裡？不是黑色那一件，
是灰的。」

「今天的酸菜魚沒煮出味道來。」

「我的機票訂了沒？回頭給我收據，我
好跟公司報銷。」

「下個月輪到爸媽跟我們住，妳把房間
收拾乾淨，還有，我媽吃素，妳得分開
煮，別忘了。」

婚後，夏雲包辦了家裡的大小事，且刻
意壓抑自己的不滿，但老公還是有一千
個不滿意，她不知道自己做錯了什麼？

「我完全感覺不到幸福。」某日爭吵過後
，她淚眼婆娑地控訴著。

「妳感覺不到幸福？」她老公揚起聲，「
我每天回家都得面對一張苦瓜臉，妳說
我幸福了嗎？」

夏雲被當頭一棒，原來自己的母親才是
明白人。

次日，她扔下孩子跑回娘家取經，希望
一切還不會太遲⋯⋯

（766）

Santiago在國營屠宰場工作三十年後退休，退休後的他過了一段看似悠閒，卻一點兒也不平靜的生活，尤其當看到身邊人愉快地大口吃肉時，他總要苦口婆心地普及吃素的好處。

"你在屠宰場工作那麼多年，還能不吃肉，我真是服了你！"他的髮小Vicente說。

Santiago苦笑著，心裡想的卻是——正因為我在屠宰場工作那麼多年，所以才不吃肉。

天人交戰好幾個月後，Santiago決定把知道的事公諸於眾。罪行一經揭發，引起譁然一片，然而面對質問，國營屠宰場

165

卻是一副"死豬不怕開水燙"的無賴樣，
畢竟背後有大老闆撐腰著。

就在關注度逐漸下滑時，Santiago被發現
死在自己的車內，屍檢報告顯示自殺，
無他殺嫌疑。

" 不可能！" Vicente對著鏡頭舉起一張紙
，" Santiago死後，我收到他的信，上面
寫著這些日子以來他感受到無處不在的
死亡威脅，如果他真死了，一定不是自
殺，而是被謀殺。"

這下子剛冷下去的新聞又被炒高，而且
越演越烈，各地都出現大型的遊行示威
活動。

眼見紙包不住火，政府只好壯士斷腕，
不僅對屠宰場做出懲處，且指派第三方
進駐，對肉類安全起到監督作用。

時間回到Santiago死亡的那一日，天還未
亮，他便開車上路，經過郵筒時，他刻
意停了一下，時間不會超過10秒鐘。

" 聽說在魔鬼谷的第一縷陽光下死去，
罪惡的靈魂就能得到救贖。" Santiago心
想，" 我得加緊趕路，因為留給我的時
間不多了。"

（767）

白從私營監獄成立後，三星州州民發現警察的出勤率增加了，且時不時就把路人和車輛攔下做問訊，收監人數也呈幾何級數增長，不僅抓獲了通緝多年的罪犯，連潛在的"高風險"犯罪者也一併抓了再說。總統聽聞後，連夜召見三星州州長。

"你州的稅收約有 $1/3$ 花在獄務上，這是怎麼回事？"總統劈頭就問。

"正確地說，不是花在獄務上，而是花在推動地方經濟和行政運營上。"三星州州長答。

總統緊接著問緣由，三星州州長遂做出說明——社會蓬勃發展，人們普遍只想

167

做高收入且相對輕鬆的工作，這導致工廠招不到人，而公共事務中的基礎工作（好比倒垃圾、打掃公廁和割草坪等）也乏人問津，試問有什麼勞動力比犯人來得更加快捷且廉價？

"你說的，原本的監獄也做得到啊！"總統提出質疑。

"哎！"三星州州長哀嘆一聲，"原本我也這麼想，但警察不配合，您說我能怎麼辦？"

總統眼前一亮，幾個月後，全國監獄皆改為私營，不僅國家稅收增加了，社會治安也跟著轉好，還誕生了十幾名億萬富翁，妥妥的皆大歡喜。

（768）

由於親眼目睹母親因父親長期的風流韻事而日益消瘦，最後鬱鬱而終，褚威民發誓絕不會走父親的老路。

婚後的褚威民的確當過頗長一段時間的好丈夫與好父親，但商場如戰場，他每天都處於緊繃狀態，急需一朵解語花，無奈老婆的關注點都放在孩子與搞好對外關係上，沒意識到家裡的頂樑柱已經搖搖欲墜。

解救褚威民的是一家酒吧的老闆娘，她總能在最恰當的時間說出最貼心的話來，讓褚威民如沐春風。

一夜春宵後，褚威民把這朵解語花種在
自己的心田上，每天用無數的鈔票灌溉
，他以為做得天衣無縫，然而天底下哪
有不透風的牆？自己的正妻知道後，到
酒吧大鬧一場，褚威民顏面盡失、身心
俱疲。

"褚總，您最近的精神狀態不太好，千
萬不要太勞累哦！"

說話的是褚威民的祕書，長得又黑又瘦
，一開始，他並不滿意，但相處下來，
發現此人的辦事效率極高，省卻了他不
少時間和精力。

"哎！我也不想太勞累，但事不由己，
我能怎麼辦？"他無奈地答。

那日臨下班前，他的祕書遞上一本書，
說："這是我趁午休時間上書店買的，
對您應該有所助益。"

褚威民怎能白撈？但祕書執意不收錢，
還說老闆若能儘快回到狀態，才是給予
她的最大回報。

當日夜裡，褚威民打開祕書送的書，扉
頁上寫著——聰明人的每一天都是新的
開始，望共勉之！

如果酒吧老闆娘是朵解語花，那麼他的祕書無疑是黑暗中的燈塔，指引他前進的方向。

後來褚威民還認識了餐廳女服務員、網約車女司機、禮儀小姐、在校女大學生、大齡女博士……等，每一位對他來說都具有不同的人生意義。

褚威民最後還是活成他父親的樣子。

（769）

自從老伴死了之後，鄒老太太每天都要上M大走走，這是她老公窮盡大半輩子的地方，不僅在這裡拿到最高學位，還一路爬到終身教授的職位，對老兩口來說，M大極具重要意義。

這一天，鄒老太太在校園內走累了，隨即找張扶手椅坐下，結果才一會兒的工夫，便被一位很有禮貌的洋人搭訕。

" Sorry. I don't understand." 鄒老太太答。

後來在一位中國留學生的翻譯下，鄒老太太才知道她所坐的扶手椅是眼前的洋人以自己父親的名義捐的，他想拍張照，希望鄒老太太挪個位，只要一分鐘。

鄒老太太當然樂意配合，二話不說就起身。

"小夥子，"鄒老太太壓低聲音問中國留學生，"那個白人拍的是啥？"

"椅子靠背上刻著捐贈人的名字，他拍的正是他父親的名字。"

鄒老太太眼前一亮，央求中國留學生代問如何捐贈椅子？

"那人說了，"小夥子問過後答，"捐一張椅子需要給M大20萬元。"

"美金？"

"當然是美金。"

鄒老太太道謝後，心開始活絡起來。

幾個月後，刻著楊老先生名字的扶手椅安靜地坐落在校園中的一隅，鄒老太太每天都要上那兒坐坐，緬懷自己的老公，即使招來非議（為什麼不把錢捐給公益團體？），她也不後悔，因為捐出去的錢猶如潑出去的水，好歹她還得到一張刻著自己老公名字的椅子，不算太虧！

蔣明麗是奢侈品店的櫃姐，只需給她7秒鐘，她就能判斷來客值不值得獻殷勤。

這一天，一個素面朝天且打扮樸實的中年婦女走了進來，逛了一圈後，什麼都沒買，但還是得到蔣明麗的全程熱情接待。

待人走後，另一位櫃姐Cathy說："我要是妳，才懶得理這種客人。"

"她可不是普通人喔！"蔣明麗解釋，"她是武打明星K的老婆，身家幾十個億。"

Cathy不苟同，就算她是武打明星K的老婆，不也一樣東西都沒買？

話說得沒錯，但蔣明麗還是不後悔付出
了"真心"，您若問緣由，她還真答不出
來。

（771）

　　Parekh 將軍曾為國家立下汗馬功勞，所以退休後還能領到豐厚的退休金與生活津貼，連生病入院也由國家支付，他的家人無需掏一分錢。

誰能想到自從腦梗塞引發慢性意識障礙（即所謂的植物人）後，Parekh將軍便長期以醫院為家，住的還是VIP病房，賬單加起來都可以蓋好幾所大學。

醫院也曾跟Parekh將軍的家人商量過兩個方案，一是由家屬接回去照顧，醫院定期指派醫生上門檢查；二是安樂死。兩個方案皆被否決，這不難理解，因為照顧病人很辛苦，還得騰出人手來，倘若採安樂死，Parekh 將軍的退休金和生活津貼也會跟著灰飛煙滅。

176

“既然這樣，”院長答，“你們有空也來探望一下老人，雖然將軍已成了植物人，但不代表他感知不到外界。”

Parekh將軍的家人當場答應下來，但談話過後，一次也沒來探望。

幾個月後，Parekh將軍病逝，宣佈他死亡的醫生一連好幾天都夢到一個老人在向他拱手致謝，心裡難免瘆得慌。

（772）

Haley認識了一位各方面都堪稱完美的男人，兩人相談甚歡，很快便確定戀愛關係。

某天，Haley告訴男友：" 我懷孕了。"

完美男人覺得自己還沒準備好當爸爸，勸她打胎。

" 不，我的年齡不小了，再耽擱下去，生產風險會加大。" 她答。

那男人沒說什麼，但次日匯過來一筆錢。

" 嘖嘖嘖......" Haley的閨密看到銀行發來的到賬短信後搖頭，" 10萬？他這是拿錢打發人？"

“應該是。”Haley收回自己的手機，“這筆錢就當作是我的產後營養費和塑身費吧！”

半年前，Haley曾諮詢做試管嬰兒的費用，醫院告訴她——想要條件好的捐精者，價格在15萬元之譜。

如今Haley不僅省下15萬元，還多收了10萬，怎麼說都值！

（773）

卓政壹對歷任女友都說過這麼一段話——我的初戀女友死於癌症，由於對她用情太深，到現在都還沒能走出來。如果妳介意的話，現在就分手；如果不介意，我們可以處處看。

結果每一位都不介意，並且用最大的愛心去包容和感化他，這也給卓政壹提供了未來分手的好藉口，譬如"妳的愛來得太熾烈，我承受不起，咱們還是先冷靜一段時間。"或者"我還是忘不了死去的女友，對妳來說，這很不公平，我們還是回到普通朋友的關係吧！"

憑著這兩套說辭，卓政壹每次都能全身而退，可是卻不包括眼前的這一次。

“我還是忘不了死去的女友，對妳來說，這很不公平，我們還是回到普通朋友的關係吧！”卓政壹說。

“沒什麼公不公平，我不介意就好。”顧捷答。

“可是……”卓政壹慌了神，“可是……妳的愛來得太熾烈，我承受不起，咱們還是先冷靜一段時間。”

“冷靜個啥？婚後就自動冷靜了，因為還得忙著還房貸和備孕呢！”

卓政壹沒料到顧捷會如此不識相，態度也轉為強硬，揚言要嘛和平分手，要嘛武力分手，他有一堆好哥們，都是混道上的。

“謝謝！”顧捷嫣然一笑，“就等著你表態。”

卓政壹一頭霧水，但看到攝像頭後，一切都明瞭了。

“妳想要什麼？”卓政壹問。

“我姐還沒從失戀中走出來，我想她會高興見到你的真面目。”

卓政壹愣了一下，接著懊惱萬分，怎麼沒想到顧敏和顧捷會是兩姐妹？

“讓妳姐永遠活在‘愛而不得’的浪漫之中不好嗎？這樣吧！我給妳2000元，再多沒有。”他說。

付完2000元，卓政壹吹著口哨走出咖啡店，沒料到他的歷任女友皆站在店外，個個憤怒至極。

（註：手機能連接攝像頭，達到實時播放的效果。）

（774）

藍沐司長得白淨且說話有禮，是很多女生心目中的白馬王子。

這一天，一位學妹在操場上將他攔下，很激動地表達愛慕之情。

"謝謝！可惜我喜歡男的。"他說。

"你……你……"學妹很是錯愕，"你即使不喜歡我，也不用這麼答。"

"這是真的，我喜歡男的已經很久很久了。"

圍觀的學生見鬧劇結束，很快一哄而散。

待藍沐司回到宿舍，室友們紛紛鼓掌，

183

讚揚他是拒愛高手，既不傷人又能全身而退，手段之高超，可以載入史冊。

等晚餐時間一到，室友們一一上食堂，藍沐司喊住最後一位：「大頭，你等等。」

「什麼事？」

「我喜歡男的。」

大頭聽完，愣了一下，接著回答：「我不是學妹，你找錯人了。」

「你不是學妹，所以我沒找錯人，我喜歡的……是你！」

「攝像頭在哪裡？」大頭邊喊邊左顧右盼，「我可不想成為被捉弄的對象。」

由於沒能在房間內找到攝像頭，大頭說他上走廊找找，肯定安在那裡。

待大頭走後，藍沐司自言自語：「你即使不喜歡我，也不用這麼答。」

（775）

建國之初，幾位部長坐下來商量國事，有人提議政策應該傾向"保護既得利益者"，可是很快便招來反對聲浪，因為如此一來，底層人士就要造反了。

全場鴉雀無聲幾秒鐘後，法務部長說："這簡單，只要有人利益受損，譬如車禍受傷、工傷、被欠薪、子孫不贍養......等，不論對錯，皆能得到或多或少的賠償。"

"那不行！"經濟部長神情不悅，"國家可沒那麼多錢應付這些亂七八糟的事。"

"誰說由國家掏錢？"法務部長答，"當然是被告支付。"

內政部長緊接著問：" 您說的不論對錯是什麼意思？"

法務部長表示只要進入訴訟環節，就有糖吃，佔理者給大糖，不佔理者給小糖，目的是打造和諧社會，消除造反的念頭。

全場又鴉雀無聲了幾秒鐘，接著每個人都嘴角上揚。

對這幾人來說，只要自己的地位屹立不搖，怎麼樣都行。

（776）

某天，卡洛斯與女友瑪蒂娜手牽手走在路上，有工作人員攔下他們，說："我們正在製作一檔有關愛情測試的電視節目，你們要不要試試？"

卡洛斯很快地答不參加，可是瑪蒂娜卻表示願意接受挑戰。

"親愛的，妳確定要參加？"卡洛斯問。

"是的，難道你不相信我對你的忠誠？"瑪蒂娜答。

既然女友都這麼說了，卡洛斯只能同意。

當瑪蒂娜進入密室時，裡面的猛男對她

187

說：“如果妳在5秒內親吻我，妳的男友會有1000萬比索的獎賞。”

瑪蒂娜太需要這1000萬比索，因為男友已經失業好一陣子，婚禮不得不一再推遲，如果有了這筆錢，他倆就能成為合法夫妻。

當卡洛斯在戶外的無聲屏幕上看到瑪蒂娜親吻一位陌生男子時，面部表情開始扭曲。

“很遺憾，瑪蒂娜沒通過考驗。”主持人說，“這是1000萬比索，就當作是你的精神損失費吧！”

本來卡洛斯已經一肚子火，再聽到這樣的揶揄，直接炸毛，沒拿錢便罵罵咧咧地走開。

後來，瑪蒂娜拿著這1000萬比索辦了一場沒有新郎的婚禮，電視台全程跟拍，收視率達到驚人的8.56%。

“這劇本還行！”卡洛斯邊看電視邊喝啤酒，“如果瑪蒂娜的胸能再大上兩號，一切就堪稱完美了。”

（777）

馬沙是一隻鬥犬，打從有記憶起，就是不斷地搏鬥廝殺，它沒有朋友，也不知道什麼是愛與和平。

有一天，8歲的馬沙在打鬥中受傷，鬥犬場場主嫌它年紀大，索性放它自生自滅，連石膏都沒打。

就這樣，一瘸一拐的馬沙走在鄉間小道上，看到人類或其他動物就齜牙咧嘴，還是善良的劉老根收留了它。

"來福，"劉老根撫摸馬沙的頭，"我每天都會讓你吃飽喝足，你無需再擔心溫飽問題，只要當一條懶狗就行。"

春去秋來，被喚作來福的馬沙已經與劉老根一同度過近十個寒暑。某天，替來福準備狗糧的劉老根忽然眼前一黑，倒了下去。

幾天後，上門收租的房東察覺有異，破門而入才知為時已晚。

“這隻老狗應該曾經出去過，”警察偵查環境後說，“結果又回來，守著屍體直到自己也一命歸西。”

過去幾天，鄰居們的確見過來福的身影，也曾想過最壞的情況，可是卻無一人採取行動。

“這就是人類！”劉老根對狗說，“但還是要善良。”

來福（或者馬沙）汪汪兩聲，既不表同意，也不表反對，它只是高興死後還能與主人在一起，如此而已。

（778）

　　從前從前有一個幸福國，那裡的建築物全被漆上明亮的顏色，連交通工具和人們身上的衣服也是，清一色的紅、橙、黃，至於藍、青、綠、紫等冷色系已經許久未見，因為這些顏色容易讓人產生不適感，不符合幸福的真諦。

　　某天，幸福國的國民紅火火向女友橙燦燦求婚，呈上的是一枚藍寶石戒指。

　　"我願意。"橙燦燦答，同時流下激動的淚水。

　　相較於橙燦燦的自我感動，眾人普遍不以為然，因為那是一枚"藍"寶石戒指，不符合國家明定的幸福顏色。

這對情侶還未成婚就被扣上一頂大帽子，兩人壓力倍增，最後還是雙方父母共同出資買下一枚紅寶石戒指作為頂替，這才平息一場輿論風暴。

啊！這就是偉大的幸福國子民，每個人都懂得為大局著想，不吝委屈求全，至於冷色系是不是不幸的顏色？國家說是，那就一定是囉！

放學後，陳博並沒有馬上回家，他坐在小河邊，直到華燈初上。

"陳博，你怎麼還沒回家？"

聽到有人喊他，陳博猛一回頭，發現是鄭老師，立即起身。

"上來吧！"鄭老師示意他上車，"我載你回家。"

鄭老師騎的是電動車，以電動車的騎行速度，大概十分鐘就能到家，可是陳博並不想那麼快又籠罩在陰霾之中。

"不用了，我自己走路回家。"他說。

「客氣什麼？我反正順路，還能跟你母親打聲招呼。」鄭老師答。

「我不是客氣，而是……而是我媽有傳染病，我怕她傳染到妳。」

「傳染病？什麼時候的事？」

「很久了，打從有記憶起，我母親一直就是生病狀態。」

鄭老師曾在家長會上見過陳博的母親，這位單親媽媽並不像是長期患病的病人。

「陳博，你是不是幹了什麼壞事，所以不敢回家？」鄭老師問。

「沒有。」

「沒有就上車，別再磨磨嘰嘰了。」

後來，鄭老師把陳博安全送回家，為了表示感謝，陳母留鄭老師一塊兒吃飯。

在飯桌上，陳博扒了兩口飯便說吃飽了，匆匆躲回房間內。

鄭老師心想這樣也好，她正打算把不久前陳博的異常言行告訴陳母，結果陳母先開口了。

「鄭老師，妳每天面對那麼多學生，一定很累吧 ？！」

「累是累，但這是工作，沒得挑。話說回來，有哪個工作不累呢？」

「是的，連家務活也很累人，我每天都過得好累、好累。」

根據鄭老師的了解，陳博的父親早逝，還好身後留下相當可觀的遺產，孤兒寡母才不致於陷入經濟困境。

「整天待在家，的確會有倦怠感。」鄭老師答，「妳不妨出外做個兼職，反正陳博也大了，不用時刻盯著。」

「不，出去更累，我應付不來複雜的人情世故。」

見此路不通，鄭老師改建議她多讀書，視野也會跟著開闊起來。

「開闊了又怎樣？人的命運都是註定好的，我這輩子就這樣了，每天守著這個屋子，守著陳博，然後漸漸變老、變醜、變遲鈍……」

離開陳家時，鄭老師的兩肩好似馱著重物，以致電動車騎得歪歪扭扭的。

“妳怎麼一副消沉的樣子？”鄭老師一進家門，她老公便問。

“我得了傳染病？”她有氣無力地答，“還是被學生家長傳染的。”

（780）

臨簽約前，黃佳佳請文編輯等她一下，也許三、五天，也可能八、九天。

"為什麼？"文編輯問。

"我覺得稿子還需要潤色。"黃佳佳答。

文編輯記得黃佳佳交稿時曾表示自己已經從頭到尾潤色過兩遍，再潤色也就那樣了，如今卻又說還需要潤色，很是蹊蹺。

"簽完約，我會給妳時間潤色。"文編輯故意試探。

"哎呀！"黃佳佳哀嘆一聲，"實話告訴妳，我正在等經紀公司的答覆。"

文編輯感覺很不可思議，明明可以簽約了，卻還要找經紀公司參一腳，如此一來，出版社豈不是要為此付上一筆代理費？

“我看簽約的事就算了，”文編輯說，“祝妳寫作愉快！”

失去了簽約機會，黃佳佳並不心急，不是還有個經紀公司嗎？他們會為自己的小說找到合適的出版社。

幾日過後，經紀公司回覆：“黃老師，我司只對非虛構類書籍感興趣，譬如養生、教育或商務方面，因為這類書籍比較好拿書號。”

黃佳佳對這個結果很是失望，但也只是難過了一下下，畢竟經紀公司和代理平台還有很多，無庸心急。

春去秋來，一眨眼，整個世界都已脫胎換骨，而黃佳佳的稿子還握在手裡……

（781）

婚前，張家索要20萬彩禮遭拒，理由是男方家裡窮，拿不出那麼多錢，愛嫁不嫁！

由於張春燕的孕肚已經相當明顯，再不嫁，恐遭來鄰里的閒言碎語，一咬牙，她懷著孩子與委屈嫁了過去，不出所料，婚後過得相當憋屈。

一次劇烈爭吵後，張春燕帶著襁褓中的孩子回到娘家。幾日過後，她男人來接她，同時威脅——見好就收，否則一拍兩散。

張春燕死活不肯回去，她夫家也不慣著，慫恿男人休了她。

199

在諸多壓力下，兩人後來還是離婚了，法官以"孩子太小，需要母親照顧"為由，把孩子判給了張春燕。

一年後，男人有了悔意，求復婚。

"復婚可以，20萬彩禮，一分都不能少。"張春燕答。

"妳又不是第一次嫁人，"男人說，"何況還帶著孩子，哪來的底氣？"

"我是不值錢，但你的孩子值錢。"

考慮再三，男人還是付了20萬，因為媒婆介紹的那一家索要30萬，足足多了10萬……

（782）

老李開麵店已有二十多年，近期，網上忽然出現不友好的聲音，他氣得七竅生煙。

"爸，現代人比較講究衛生，你得與時俱進。"老李的兒子說完，遞上一次性貼合手套。

一開始，老李用不習慣，頗有怨言，後來習慣了，反倒懊惱沒提早戴上手套，因為以往他做菜和收拾客人使用過的碗碟時還會洗個手，現在不需要了，既省時又省水。

　　從前從前有個無我國，這個國家的人民接受統一教育，穿統一服裝，剪統一髮型，當義務教育結束後，國家會給予工作、住房和配偶（是的，這裡的百姓沒有選擇配偶的權利，全聽國家安排）。

有一天，一個無他國的國民來到無我國，發現這裡就像另一個世界，從生到死，只要像個機器人一樣活著就行。

一傳十，十傳百的結果，有越來越多的無他國國民湧入無我國探奇。無我國的國王覺得奇怪，派大臣去無他國了解情況。

"陛下，"大臣歸來後說，"無他國的人可以擁有個人思想，光蓋個公園，都能鬧上半年。"

"這麼可怕？趕緊把境內的無他國國民都驅逐出境。"

擾亂秩序的無他國國民都被驅逐出境後，無我國又恢復往日的平靜，每個人都在自己的崗位上按規章辦事，譬如說好一天生產100件衣服就100件，沒有多一件，也沒有少一件，完美！

（784）

郭先生輪迴轉世了17世，每一世都怕貓，到了第18世，終於不再怕貓，因為那一世的貓全滅絕了。

（785）

羅向北一出獄就千里迢迢地趕回老家，結果被宗親們擋在村子口，連老母親的一面都沒見著。

今天，羅向北想再試一試，都說孩子是母親的心頭肉，再怎麼恨鐵不成鋼，應該也不會對入獄23年的兒子說不吧？

“不，你不能待在這裡。”他母親對他說，“我老了，禁不起折騰。”

當羅向北轉身時，他母親又喊住他，說：“供桌上有兩百塊錢，你拿去買點兒吃的。”

羅向北本來想拒絕，但監獄發放的路費已所剩無幾，他太需要這兩百塊錢，所以還是拿走了。

等他走出村外，忽然感覺口渴，於是進了小賣店。

"這個25元一根。"老闆娘說，"便宜的在冰櫃右邊，一、兩塊錢有一根。"

羅向北頓時大怒，怎麼連小賣店的老闆娘也看扁他？遂操起店裡的剪刀往老闆娘的身上刺，一次又一次，像發洩這兩日來的憤怒與委屈……

時間往前推半個小時，一對祖孫進到小賣店，孫子嚷著要吃冰棍。

"這個25元一根。"老闆娘說，"便宜的在冰櫃右邊，一、兩塊錢有一根。"

"什麼冰棍要25元一根？"老爺爺嘀咕著，"金子做的不成？"

"哈哈哈……都是廠家搞的噱頭，到現在都還沒賣出一根，我正想把貨給退了，省得每次都要提醒顧客。"

老爺爺後來買了一塊錢的冰棍，祖孫倆高高興興地離開小賣店……

（786）

小超想出家，他的父母隨即給他介紹了一位各方面都很優秀的女人，還說倘若不能改變他的心意，再談。

於是小超採消極對抗，嘴不讓親，手不讓碰，日常對話就是宣揚佛法，把小玫的耐心給磨沒了，主動提出分手。

對於小超來說，"分手後出家"是得償所願的事，可是不知原委的小玫卻以為是自己的錯（讓一個有為青年看破紅塵），從此背上了十字架……

"停停停……"小玫開口制止，"十字架是基督教的東西，怎麼跟佛教扯上關係？"

小超很想解釋十字架只是個比喻，跟佛教和基督教都扯不上關係，但最後還是答：" 妳說的對。"

" 這個故事不好，重來。" 小玫說。

於是小超又重新講了個故事，主人翁還是小超跟小玫，內容同樣跟分手有關。

" 你怎麼這麼笨？連個故事也說不好！" 小玫埋怨。

" 我是笨，要不，咱倆分手？"

小玫聽完，愣了一下，接著表示這個笑話不好笑，再換一個。

小超長嘆一口氣，心想怎麼分個手就這麼難？

（787）

從前從前有一個王國，那裡住著一位國王，每天過著衣食無憂的幸福生活。

有一天，他步出城堡，發現城堡外的人瘦骨嶙峋（就是很瘦很瘦的意思），衣服也破破爛爛的，於是他讓宮廷廚師烹煮出美味的佳餚，讓捱餓的人都能吃得上飯，又讓御用裁縫連夜趕製衣服，發放給有需要的人，老百姓都非常感激他。

善良的國王去世後，化為天上的星星，繼續守護他的子民……

．．．．

蔡瑞雅唸完童話故事，女兒問她天上有幾顆星星？

"很多很多，數也數不清，可惜因為距離太遠，加上汙染問題嚴重，很多時候看不到那麼多的星星。"

"那麼每顆星星都是國王變的嗎？"

蔡瑞雅猶豫了一下，心想氣氛都烘到這個程度，也只能順勢而為了。

"是的。"她點頭承認。

"原來可憐的人這麼多，"她女兒說，"比天上的星星還要多。"

蔡瑞雅被當頭一棒，是呀！可憐人的確比天上的星星還要多。

她摸摸女兒的頭，說："所以妳也要像國王一樣，去幫助需要幫助的人。"

"妳的意思是國王生下來就是要幫助人？"

蔡瑞雅語塞了，這確實是國王的使命，可是現實生活中卻未必如此。

後來，蔡瑞雅把家裡的童話故事都束之高閣，您知道為什麼嗎？

（788）

卡斯特將軍14歲便輟學從軍，由於腦筋動得快，加上一點兒好運氣，40歲便當上將軍，然而這不代表沒有遺憾。

他的下屬讀出了他的心思，讓國內最好的大學頒發名譽博士的學位給他，可是他還是不滿足，因為這不能說明他是一位學富五車的儒將。

某天，卡斯特將軍經過書店，看見櫥窗的最顯眼處擺放著一本書，書名叫《藍色憂鬱》，作者是安德烈•洛佩斯。

“這本書為什麼有個支架立著？”他問下屬。

“報告將軍，因為這本書是本月的銷冠。”

“是嗎？”他喃喃道，“這位作者還寫過什麼書？”

“很多，譬如《白色恐懼》、《黑色死亡》、《黃色財富》等，都是發人深省的文學作品。”

卡斯特將軍聽完後，哀嘆一聲，他的下屬全看在眼裡。

後來安德烈·洛佩斯宣佈封筆，倒是卡斯特將軍開始寫書了，而且屢屢登上暢銷書排行榜……

（789）

王祺不過是點明飛揚出版社的不足之處，好比不做推廣活動（怎麼也得有個記者招待會或簽售會，不是嗎？），分成比例還低，結果被龍編輯勸退。

兩個多月後，王祺終於說服自己接受不做推廣活動和較低比例的分成（不接受也不行，因為別家出版社總要他自費出版），可是龍編輯還是讓他試試別家。

"給句痛快話，到底是什麼原因？"王祺問。

龍編輯正忙著（所以沒有即時回覆），等他空下來時，留言處已經築成高牆，內容全是指責。

當王祺收到龍編輯的回覆時，傻眼了，因為上面還是那句話——請試試別家。

如果龍編輯來硬的，王祺還能罵上兩句，畢竟吵架也是一種溝通，偏偏對方來冷的，這就難辦了，他只能逞強叫囂幾句，然後黯然退場。

當天傍晚，龍編輯開始收拾個人物品（包括桌上的多肉植物和午休專用的小枕頭），今天是出版社營業的最後一天，能堅持到這一天已經很不容易，哎……

（790）

由於上輩子的體驗感太差，男人一直抗拒投胎，然而天命不可違，他最終還是落入凡間……

"你們的孩子是自閉症。"醫生宣佈。

"自閉症？"趙雨萱望了自己的丈夫一眼，"可是懷孕期間的所有檢測都顯示正常，我們的家族成員中也無人有自閉症。"

醫生解釋自閉症是一種神經發育障礙，具體原因尚不明確，不一定與遺傳有關。

"他……有沒有可能痊癒？"趙雨萱問。

“無此可能！”醫生斬釘截鐵地答，“但父母可以通過支持和干預來提高孩子的生活質量和各項能力。”

回家路上，這對夫妻心如死灰，不明白這樣的厄運為什麼會落在他們的頭上？

夜裡，趙雨萱抱著兒子講故事，可是兒子總想掙脫，對她的關心和問話一點兒反應也沒有。

“天哪！”趙雨萱仰天長嘯，“難道這就是我的宿命？”

由於上輩子的體驗感太差，男人一直抗拒投胎，然而天命不可違，他最終還是落入凡間……

（791）

阿旺是一隻德國牧羊犬，為了護主，被歹徒削去1/4個頭顱，左眼也因此失明了。

江益白聽說此事後，決定幫阿旺籌集醫藥費，如果您也想支持江益白的愛心之舉，請關注他的短視頻賬號——大善人江益白。該賬號目前已有867,538個粉絲，每晚8點～10點開直播，歡迎打賞和購買帶貨產品，但請別寄寵物食品過來，因為阿旺嘴刁，還是匯錢比較實際，方便江益白統一購買。

孔俊西綽號孔膠帶，凡他看上的女人都免不了經歷一場"你追我跑"的戲碼，總要花費數日到數十日不等的時間，才能將"膠帶"去除。現如今，全校女生無不膽戰心驚，害怕某天會被孔俊西盯上，然後陷入萬劫不復的深淵。

這一天，孔俊西發現一位瘦弱的女生獨自坐在操場邊，樣子看起來很悲傷。

"嗨！妳怎麼一個人在這裡？"他走上前問。

"我想點兒事情。"她輕輕抹去眼角的淚水，"能不能讓我獨處一下？"

"為什麼要一個人承受？"孔俊西坐了下來，"妳有什麼不開心，都可以跟我說。"

就這樣，兩人一來二往，逐漸熟稔起來，沒等學期結束就領證結婚，把全校師生都給看傻了，紛紛預言這兩口子閃婚後便是閃離，可是實際情況卻恰恰相反，孔俊西把女人照顧得很好，即便已結婚十多載，依舊恩愛如昔，羨煞旁人。

"西西，你今晚回來嗎？"女人問。

"回，我還得給妳包餃子吃呢！"孔俊西答。

類似的對話幾乎每天都會發生，因為女人的父母曾經出門後就再也沒回來過。

對於孔俊西來說，被人惦記著是幸福的事，因為他來自一個破碎的家庭，父母離異後，皆不想要他，他是吃百家飯長大的，所以極度渴望有個攜手走過餘生的伴侶。

這兩人皆不完美，卻造就了"完美"的婚姻，前提是雙方得具備高度吻合的心理創傷，而且保證不痊癒。

（793）

一群女生到國家公園遊玩，碰巧目睹狐狸咬住野兔，一時正義感爆棚，她們合力趕走狐狸。

"小兔兔，趕緊回家去，你的家人正在等你呢！"其中一位女生對野兔說。

待野兔一蹦一跳地離開後，幾名女生露出欣慰的笑容。

另一廂，空手而歸的狐狸媽媽回到洞裡，幾隻小狐狸圍著她打轉。

"對不起，孩子們，今天我差點兒就捕捉到獵物，如果不是人類從中作梗，你們肯定能飽餐一頓。"

聽說到嘴的食物沒了，餓了好幾天的小
狐狸們呀呀呀地叫，聲音好不淒涼……

杜如花已從事自由職業6年多，不用朝九晚五，也不用處理複雜的辦公室人際關係，羨煞不少人，尤其與他人共同創作的勵志成長書《你也可以在家印鈔》即將上架，這是很多人夢想達到的高度……

"如花，早上打妳電話不接，晚上打妳電話也不接，妳何時有空？"他父親發來短信問。

此時，杜如花剛從睡夢中醒來，分不清是白天或黑夜，只好拉開窗簾一探究竟。

"原來已近中午，我還以為是半夜呢！"她喃喃道。

吃完早午飯，她回了父親的信息，接著與出版社編輯討論簽售會的事，由於主筆工作繁忙（繁忙到全書皆由二作完成），到時候可能只有杜如花一人出席，但她不以為意，依然積極配合。

辦完這事，她開始線上教學，有寫作班和對外漢語班，其中又分為一對一和一對多，等她空下來時，已是夜裡11點多，想到凌晨4點還有一班，她不得不快速吃完微波爐餐，再快速小睡一下，省得像上回一樣，誤把"病入膏肓"讀成"病入膏盲"，不幸還被遠洋的英國學生給指出錯誤來，她的臉青一陣紫一陣的。

清晨5點半，終於下課的杜如花從冰箱裡拿出五花肉，忽然電光一閃——大清早就吃紅燒肉會不會太油膩了？

這就是在家印鈔的結果，雖然沒有朝九晚五，但工作時間更長，有時還晝夜顛倒，每月收入也忽高忽低，玩的就是個心跳加速。

"現在只能期待書大賣，如果真能那樣就好了，否則每天在家一毛錢一毛錢地印，何時才是個頭？"杜如花心想。

（795）

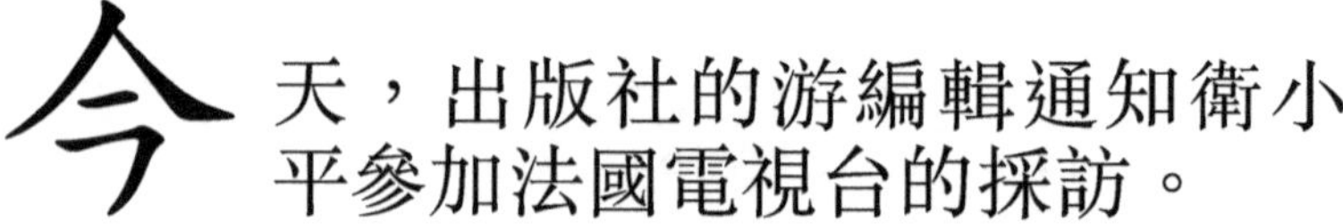

今天，出版社的游編輯通知衛小平參加法國電視台的採訪。

"法國？"衛小平揚起聲，"你知道我社恐，何況我也不會說法語。"

游編輯表示語言問題可以交給翻譯人員，無庸擔心，至於社恐……那也不是不能克服。

"你大概不懂什麼是社恐吧？！"衛小平停頓了一下，"算了，說了你也不懂，反正我不接受採訪，你自己看著辦。"

游編輯接觸衛小平已近10年，平常都是通過文字或語音聯繫，連對方長得是圓是扁都不清楚，坊間也沒有任何照片流出，此次若不是衛小平的作品忽然在法國大火，他才懶得碰這個釘子。

兩個星期後，“衛小平”還是如約出現在法國電視台，雖然不會說法語，但台風穩健，獲得不少好評。

訪談播出的第二天，游編輯便接到真身的來電。

“是您說讓我看著辦。”游編輯有恃無恐地答。

“我沒不讓你找人頂替，但總不能男女不分吧？！”

“您……是女的？”

“可不是。”

游編輯沒料到女人的聲音也能如此低沉，實在太意外了！

“現在怎麼辦？”游編輯問。

“不知者無罪，以後你就當我是個男的，對外也這麼說。”

“為什麼？”

“你大概不懂什麼是社恐吧？！”衛小平停頓了一下，“算了，說了你也不懂，反正就照我的意思做。”

後來，游編輯陸續收到幾位法國女讀者
的愛慕郵件，他心想老天爺總算厚愛他
一次……

（796）

龐大炮是個紈綺子弟，平日無所事事，就愛泡妞，娛樂版上總有他的花邊新聞，誰讓他懂流量，總能把媒體玩弄於股掌之間。

所謂"常在河邊走，哪有不濕鞋？"，這可不，龐大炮玩著玩著就玩出人命來，一位十八線女演員聲稱自己已生下龐大炮的孩子，一歲多，會叫爸爸了。

像往常一樣，龐大炮依舊對"流言蜚語"不聞不問，可是他父親卻坐不住了，主動提出做親子鑑定。

由於龐大炮死活不肯上鑑定中心，這個鑑定只能由他父親代勞，鑑定的結果是——不存在血緣關係。

227

這份報告讓女演員很是吃驚，因為那段時間她只與龐大炮交往。

兩個月後，龐氏企業成功上市，此時的龐大炮更是意氣風發，走路都帶風。

另一廂，曾站在風口浪尖的女演員帶著女兒飛抵紐約，住的是月租金5000美元的豪華公寓，還有兩個保姆輪流照顧蹣跚學步的孩子……

噢！對了，龐大炮的父親無生育能力，這個祕密只有他和老婆知道，連龐大炮這個兔崽子也被蒙在鼓裡。

（797）

2○I2年，朱大春買了I○○枚比特幣，被未婚妻及其家人罵到臭頭。婚後，比特幣一路水漲船高，原來罵他的人，現在都轉為巴結，終於有一天，他的妻子潘小蓮讓他賣了比特幣，好給自己的弟弟買婚房。

"賣不了，因為我忘了私鑰。"朱大春答。

"什麼是私鑰？"潘小蓮問。

"類似密碼。"

他太太一聽，大驚失色，責問他怎麼這麼重要的號碼也會忘？她弟弟還結婚不？"

朱大春要她別催了，越催，他越想不起來。

潘小蓮果然不催了，這一等，十多年過去了，朱大春還是沒能想起來。

某天，潘小蓮脫下圍裙，說：" 我不等了，咱們今天就上民政局離婚。"

朱大春也不嚕嗦，跟著上民政局，然而離婚後的他依然節儉，並未如潘家人所料想的那樣（從此過上窮奢極侈的生活），看來他是真的忘了私鑰。

潘小蓮想了想，還是復婚算了，畢竟留得青山在，不怕沒柴燒，或許哪天朱大春就想起來了也說不定。

朱大春並不反對復婚，於是兩人又領了結婚證。婚後，潘小蓮依舊做著"一夜暴富"的美夢，可是朱大春卻已不抱任何希望，因為當年買完婚房，他已一貧如洗，實在付不起彩禮，只能謊稱將錢買了比特幣……

（798）

去年夏天，Ada 到非洲岡比亞旅遊，在風景如畫的Bijilo海灘遇到一位年紀相仿的同胞Sabina，後者問她需不需要男伴？價格好商量。

"不需要。" Ada答，" 妳怎麼做起皮條客？"

"說來話長，" Sabina嘆了一口氣，" 妳想聽嗎？"

Ada當然想聽，於是請Sabina到附近的酒吧喝一杯，Sabina也沒讓她失望，把事情始末原原本本地道出。

"這麼說，妳的小男友錢一到手就把妳給甩了，結果妳還跟過來，就算人找到了又怎樣？錢肯定是要不回來的。" Ada說。

" 我知道錢肯定要不回來，我也沒打算要，只要他認錯，我還是會原諒他。" Sabina答。

Ada簡直不敢相信自己的耳朵，到底是怎樣的魔力，能讓一個女人不撞南牆不回頭？

"妳肯定很愛他。" Ada說。

" 那倒也沒有，不過在我死之前，還能擁有這麼一段不平凡的經歷，也算值了。" Sabina一本正經地答。

"妳……沒毛病吧？！"

Sabina笑了笑，把酒杯裡的酒一仰而盡後，走了。

Ada百般無聊地坐在位子上發呆，不一會兒，一個皮膚黑得發亮的年輕男子走了過來，問："我能和世界上最美麗的女人喝一杯嗎？"

於是Ada為他叫了一杯酒，期間，他倆坐了多久，這個男人就說了多久的情話。

"你知道我的年紀足以當你的祖母嗎？"Ada問。

"年齡在愛情面前根本不值一提，何況我對成熟女人的魅力向來無抵抗能力。"

當晚，Ada便和這個連名字都不知道該如何正確發音的岡比亞男人滾床單，當黎明的曙光照進房間時，Ada終於懂得Sabina的快樂，並且準備為留住這份美好而努力，即使一條道走到黑也在所不惜！

（799）

今天，作家王傳治收到3000元稿費，他立即將消息發佈在社交平台上。

“厲害了王哥，能不能傳授一下寫作技巧？”有網友問起。

“沒什麼技巧，只要勤於寫作，總有一天會發光發熱。”他回覆。

經過一輪熱烈的討論後，有網友忽然提到全職寫作能不能養家餬口的問題。

“這還用問嗎？王哥一篇稿子就賺3000元，一個月只要寫3篇，收入立即秒勝大部分的打工人。”

這個回答得到很多人的認可，可是王傳治卻成了啞巴。

“王哥，你再不說兩句，我們就散了。“

留言發出後，仍等不到王傳治的隻字片語，於是眾人作鳥獸散。

當不再有新留言出現時，王傳治默默删了筆記。

“每隔幾個月炫耀一次足矣，人不能太貪心。”他心想。

（８００）

關於我年紀輕輕就住進精神病院這件事，現在就由我來給各位嘮一嘮。

起初，我真沒想過住院，雖然我的精神狀態一直不太妙，每天都有殺掉老闆的衝動，但也只是想想而已，真正的臨門一腳還是因為我給賣荔枝的小販一百元小費，母親認為我病得不輕，所以將我送進精神病院。

"你覺得怎樣？" 醫生問。

"我覺得這個世界瘋了，竟然把我一個正常人送進瘋人院裡。" 我答。

醫生對我死神凝望了 5 秒鐘，接著問："1 加 1 等於多少？"

236

這簡直侮辱人！於是我告訴他——1加1等於你這個白痴。

醫生又對我死神凝望了5秒鐘，接著宣佈我符合入院條件，我很快被送進能容納16人的病房裡。

一開始，我以為自己會面對一堆牛鬼蛇神，結果出乎意料，他們全是正常人，頂多情緒波動比較大，好比會忽然大哭或焦躁地來回踱步，不過這也不是什麼大問題，不是嗎？

知道沒有立即的人身危險後，我索性擺爛，每天該吃吃、該喝喝、該睡睡，把以前欠缺的部分全給補回來，體重一下子飆升了10斤。

"你覺得怎樣？"醫生問。

"我覺得這個世界還行，對精神病患很寬厚，這麼悠閒的生活，我可以住一輩子。"我答。

醫生對我死神凝望了5秒鐘，接著問："1加1等於多少？"

這簡直侮辱人！但我沒有開罵，而是告訴他——會問這個問題的，不是天才就是白痴。

醫生又對我死神凝望了5秒鐘，接著宣佈我符合出院條件，我很快被趕來的母親接走。

"兒啊！你被醫院收留後，賣荔枝的小販才澄清那一百元是你欠他的菸錢，他不過是開個玩笑。"母親從後視鏡看了我一眼，"我曾回去撈人，可是醫生不允許，我也沒辦法，對不起哈！"

"沒事，我在裡面過得很好，若不是醫生趕人，我還不想出院呢！"

母親聽完，手一滑，差點兒撞向對向來車。

"妳沒事吧？"我問。

"沒......沒事。"母親深吸一口氣，"你住院已有兩個多月，原來的工作應該保不住了，你有什麼想法？"

一聽說那個吸血鬼老闆竟然"趁我病，要我命"，我憤恨地答："我的想法就是先賞兩顆子彈給前老闆再說。"

當車子開到下一個路口時，母親緊急掉頭，我問她幹啥去？她表示自己不小心把錢包落在精神病院裡。

我媽還不到50歲，怎麼就記憶力減退？該不會是老年痴呆症的前期預兆吧？！

想到我年紀輕輕就得照顧病人，真是生無可戀，哎……

作者介紹

在異國的背景下加入纏綿悱惻的愛情故事是B杜小說的一大特點，她的文筆清新、筆觸詼諧、畫面感很強，讀完小說有種看完一部愛情偶像劇的感覺，特別適合懷春少女及對愛情有憧憬的女性閱讀。

另外，B杜還創作了散文、嚴肅小說、系列小說等，歡迎關注。

ALSO BY B杜

《B杜极短篇故事集》（701～800）（简体字版）A Word to the Wise (Tales 701～800 in simplified Chinese characters)

* * *

《法蘭西情人》 Love in France
《東瀛之愛》 Love in Japan
《新西蘭之戀》 Love in New Zealand
《英倫玫瑰》 Love in England
《愛在暹羅》 Love in Thailand
《情定布拉格》 Love in Prague
《獅城情緣》 Love in Singapore
《愛上比佛利》 Love in Beverly Hills
《夢回楓葉國》 Love in Canada
《早安，歐巴》 Love in Korea

《我在蘇黎世等風也等你》
Love in Switzerland
《迪拜公主的祕密情人》 Love in Dubai
《馬力歷險記1之地球軸心》 The
Adventure of Ma Li (1): The Time Axis
《馬力歷險記2之黃金國》 The Adventure
of Ma Li (2): Eldorado
《馬力歷險記3之可可島寶藏》
The Adventure of Ma Li (3): The Treasure of
Cocos Island
《B杜極短篇故事集 (1～100)》 A Word to
the Wise (Tales 1～100)
《B杜極短篇故事集 (101～200)》 A Word
to the Wise (Tales 101～200)
《B杜極短篇故事集 (201～300)》 A Word
to the Wise (Tales 201～300)
《B杜極短篇故事集 (301～400)》 A Word
to the Wise (Tales 301～400)
《B杜極短篇故事集 (401～500)》 A Word
to the Wise (Tales 401～500)
《B杜極短篇故事集 (501～600)》 A Word
to the Wise (Tales 501～600)
《B杜極短篇故事集 (601～700)》 A Word
to the Wise (Tales 601～700)
《巫覡咖啡館之梧桐路篇》
The Witch & Warlock Café on Wutong Road
《巫覡茶館之浣紗路篇》

The Witch & Warlock Teahouse on Huansha Road

《我的泰國養老生活 1》 My Retirement Life in Thailand 1

《我的泰國養老生活 2》 My Retirement Life in Thailand 2

《鴻溝》 A World Apart

《潔西卡》 Jessica

《夏小希》 Miss Xia

出版社介紹

如意出版社（Luyi Publishing）在英國註冊，致力於將優秀作品介紹給全球讀者，聯繫方式如下：

郵箱 1: Luyipublishing@163.com

郵箱 2: Luyipublishing@gmail.com